鏤空與浮雕

范俊奇

推薦序

雲想衣裳花想容——從Fabian Fom到范俊奇

／蔣勳

Fabian Fom

我不太看臉書，偶然看，大概不會錯過兩個人的貼文，一個是Fabian Fom，一個是夏曼·藍波安。

夏曼·藍波安是目前華文寫作的作家裡我極感興趣的一位。他是蘭嶼達悟族，他使用不是母語的華文寫作。他的臉書記錄一個小小島嶼和海洋的生態，常常可以讓我反省自己族群的文化，以及對待其他族群的偏見。

藍波安的華文「很奇特」，要用一個非母語的文字書寫他的生活，他會用自己的思維方式組織和串連漢字。

藍波安的漢字詞彙和造句有時讓我覺得是錯誤的，或是不通順的。但是，正是那些「錯誤」和「不通順」傳達了我陌生的達悟族的文化、信仰和生活態度。

讀藍波安的文字讓我不斷修正自己，包括我習以爲常的漢字漢語。

藍波安我讀了有二十年吧，也見過面，去過蘭嶼，是我尊敬的朋友。

Fabian Fom 是誰？我沒見過面，不知道他一絲一毫背景，他短短的臉書裡有又像詩句又像夢囈的句子，然後底下都加注一句「我不是張小嫻」。

爲什麼「不是張小嫻」？

我對「Fom」這個拼音也猜測過，「馮」、「封」、「彭」，我承認對漢字拼音沒有辦法記憶，漢字拼音，不管用任何輸入法，都不等於漢字。

這個 Fabian Fom 讓我折騰了一段時間。

他的華文顯然有底子，他會講杜詩裡「陰陽割昏曉」那個「割」字，大爲讚賞，顯然愛華文，愛漢字，愛現代詩。

所以他和藍波安不同。藍波安在用漢字對抗大漢族文化的霸勢。Fabian Fom應該在大漢族文化之中，卻又常常彷彿想要顛覆一下漢字的用法。

追蹤了「我不是張小嫻」一陣子，Fabian Fom貼出了他在馬來西亞華文報紙的專欄文字「鏤空與浮雕」，寫張國榮，寫芙烈達・卡蘿，寫大衛・寶兒，寫基努・李維，寫顧城，寫山本耀司，寫李安，寫許多我愛看的人物。上窮碧落下黃泉，許多活過死去的生命，被重新「鏤空」或「浮雕」，是演員，是詩人，是導演，是畫家，是服裝設計者，是歌手，是舞蹈者……，有些我熟悉，有些我不熟悉。

這個我仍然不確定他姓氏是「馮」、「封」、「彭」的馬來西亞華文書寫者，卻讓我想起二十餘年前一次檳城——芙蓉——馬六甲——新山八個華文高中的巡迴演講——「青春・叛逆・流浪」。

當時去，是一個很浪漫的想法，因爲聽說馬來西亞華文受壓抑，一位沈先生爲此坐牢服刑，我就答應了那一趟旅行。年輕熱血沸騰的事，現在或許覺得過度沸騰得有點可笑了，然而的確有很多珍貴記憶，讓我念念不忘那次旅行。

我一直記得檳城海邊夜市，小攤子用南乳炒空心菜，熱騰騰的氣味，熱騰騰的油煙，收音機播放香港邵氏公司六〇年代葛蘭唱的〈我要飛上青天〉。

在芙蓉，高中生騎腳踏車載我去榴槤林裡用長支竹竿摘榴槤，夏日光影迷離，熱帶的風，熱帶的氣味，那些特別青春單純的高中生的眉眼，歡笑著，或憂傷著，都沒緣由。

台北股市已衝上萬點，人慾橫流，然而芙蓉仍然是白襯衫卡其褲腳踏車，安安靜靜，彷彿讓我再一次經歷了我的六〇年代，那個Fabian喜愛的「牯嶺街少年」的時代！台北，吉隆坡，香港，新加坡，上海，先先後後，不同地區的華人發展了不同的華文文化。

台北在六〇至七〇年間達到高峰，傳統的底子，現代世界視野，農業自然的樸素，初嘗工商業的城市情懷，一切恰到好處，文化的花季其實也有一定的生態吧。

我惦記著馬六甲路邊一家喪事裡親人們的披麻戴孝，焚燒的紙人紙馬樓台那樣逼肖現實，在燃燒的烈焰閃爍裡一寸一寸萎縮下去，魂魄化成一綹青煙，去了無何有之鄉。一個從大華人文化出走的流浪族群，漂洋過海，可能好幾代了，猶在異地記得皇天后土，祖先化為青煙，魂魄一綹一綹逝去，猶不敢怠慢分毫。

後來在臉書上因爲一個漢字的用法結識了Fabian Fom，知道他跟檳城的關係，他說：「現在不一樣了。」說完沉默了。

他的沉默，我的沉默，也許是不同的近鄉情怯，都留著一點空間，有一天，或許可以在海邊夜市把酒言歡，說記憶裡南乳炒爆空心菜的焦香。

我們的鄉愁，有時像夏日午後榴槤林子裡少年眉眼間恍惚的光影迷離，那麼叫人眷戀，其實卻都不堪觸碰，「是身如聚沫，不可撮摩」，《維摩詰經》如是說。

我有一點懂了這個「不是張小嫻」的書寫者讓我迷戀的原因吧。

他書寫人，他迷戀人的繁華與荒涼，他或許愛文學，然而更多時候他眩惑演藝娛樂的銀光燈的熠燿輝煌，更多時候他迷戀時尚伸展台上充滿魅惑又造作的身體，文學，藝術，是不是也像時尚舞台？芙烈達．卡蘿創造了她的生命時尚，草間彌生，卽使這樣被商業包裝，也成「時尚」，然而，張國榮，這麼文學，連死亡都像一句詩。

碧娜．鮑許，走到哪裡都是時尚中的時尚，然而很少人用這樣的方式寫碧娜，寫她在時尚中的位置。

「鏤空」是雕鑿到靈魂的底層了嗎？浮光掠影，我們也許眞是在「浮雕」裡看到生命的凹凹凸凸，只是不平，像李後主囚居北方，總是睡不著，寫了一句「起坐不能平」。起來也不是，坐下也不是，好像比現代詩還現代詩。

「鏤空與浮雕」不是只寫表象的風風火火，作者關心創造的生命，梵谷，芙烈達．卡蘿，碧娜．鮑許，梁朝偉，梅艷芳，基努．李維，他讓他們一起在伸展台上亮相，我喜歡書裡像寫詩人般寫時尚的保羅．史密斯，亞歷山大．麥昆，我也喜歡書裡像寫時尚一般寫芙烈達．卡蘿，碧娜．鮑許，是的，生命就是伸展台，怎麼走，都必須是眞正的自己，眞正的自己才是時尚。

三十位不同領域的創作者，分領了二十世紀前後百年風騷，大概很少一本書把這些人放在一起，朴樹和草間彌生，阿城和安藤忠雄，服裝設計和詩人，又加進一個什麼書都不會特別專心去寫的許廣平，很多文青大概會問：「誰？誰是許廣平？」「魯迅的太太。」回答的人自信滿滿，但是，說了等於沒有說，那是看了會使人心痛的一篇，希望出書時留著許廣平的照片。

范俊奇

Fabian——他終於告訴我他叫「范俊奇」——果然不是張小嫻，我對了，漢字出來，人就有了形貌，好一個范俊奇，不是馮，也不是封。

曾經好幾次在吉隆坡評審「花踪」文學獎，我不記得有一個「范俊奇」，如果有，應該會眼睛一亮吧。

當年在「花踪」共事的朋友，退休了，幾乎隱居，只在偏鄉幫助弱勢者生活，那是七〇成長一代的自負與宿命，誰叫我們聽了那麼多Bob Dylan。

時代不一樣了，馬來西亞一定也要有二十一世紀自己的書寫，自己時代的聲音吧。

范俊奇，雖然未見面，卻覺得很熟，他寫許廣平，讓我心痛，是有「人」的關心的，年輕，卻有夠老的靈魂。

和藍波安一樣，范俊奇其實也在漢字的邊緣，用邊疆的方式書寫漢字，像是顛覆，像是叛逆，會不會也可以是漢字最好的新陳代謝？像李白，帶著家族從中亞一路走來的異族記憶，胸懷開闊，用漢字都用得不一樣，沒有拘謹，沒有酸氣，沒有溫良恭儉讓，才讓漢字在那驚人的時代開了驚人的花。

「雲想衣裳花想容」，這麼佻達，這麼顧影自戀，這麼爲美癡迷，「鏤空與浮雕」，投影在異域的漢字與華文，背離正統文學，敢於偏離正道，也許才眞正走上時代絢麗多彩多姿的伸展台吧。

蔣勳

旅次倫敦寫於二〇二〇年驚蟄後一日

台版序

早就猜到你會在這裡

／范俊奇

之後蔣勳老師傳了一則簡訊給我，附上一幅很多年前老師寫過的詩句，「他們說的繁華，只是前世忘不掉的一次花季」——老師說，這句子讓他想起我浮雕過的那些人物。

老師懂人。除了字畫的美與詩詞的迂迴與深邃，老師尤其懂人，懂人在背後如何與歲月辭別與糾纏，也懂人在背後如何對自己幽禁與告解——懂人的人，總是特別動人。我喜歡蔣勳老師的美學評析背後有對人的憐惜和嘆息，喜歡老師說過，在顛沛流離喘著粗氣的日子裡，生活最高級的美，不外是顧城說的，「草在結它的種子，風在搖它的葉子，我們站著，不說話，就十分美好。」眞正化繁爲簡的人生，老師教會了我，是在層次上追求淡遠，是在漫漶和暈染當中不去察覺，像水墨那樣，一潑卽收——遺忘，其實也是一種記憶。

但我始終眷戀俗世紅塵，眷戀人——對於我陸陸續續「鏤空」與「浮雕」過的那些人物，因爲重新將他們斑爛過的人生剪開、放大，修補和縫紉，然後在他們經歷的大悲大喜和小情小愛當中，看見他們把斷裂的結合，也看見他們在圓滿中崩潰，心底多少會有一種抱歉的情緒——我從來不喜歡一氣呵成的人生。少了轉折和停頓，少了回眸和佇候，太過筆挺的人生，常常因爲缺少了一串嘆息而了無誠意。而所有的明星與名人，認眞追究起來，其實都是一宗宗時代的懸案，被印製在一張張粗糙的新聞紙上，讓後來的人反覆傳閱。因此我書寫的對象，都只是在「鏤空」的流離歲月，「浮雕」人世間的眉眼與鋼索，不討好別人，不委屈自己，讓文字修剪出一方嫻靜的庭圃，採菊東籬，至於見不見得到南山，其實都還是其次了。

我特別想說的是，沒有蔣勳老師的推薦，沒有有鹿文化社長許悔之老師的大膽採納，這本台灣版《鏤空與浮雕》，恐怕把握不住和台灣讀者進一步的交結，因爲它不壯闊，因為它不宏大，因為它純粹只是向我崇尚的生命體致敬——而致敬的出發點，也許是因為人物本身虎虎生風的成就，又也許是因為人物本身咄咄逼人的風流，根本架構不起宏偉的文學素材，我只是將這些曾經觸動過某一個年代的生命，以及他們特立獨行，沒有辦法被複製的才氣和美麗，拉過來向我們靠近。而我在文字裡頭掩飾不住的迷戀，是迷戀人的繁華與荒涼，是迷戀世間的繽紛與寂寥——這蔣勳老師其實第一眼就給刺穿了。一生太短，一生只演一個角色太委屈，所以我十分享受在文字中喬裝成另外一個人，潛入他們生命的某一個段落或某一處章節，陪他們在突然放寬的河道上，把迎風招搖的船帆收短一些，再收短一些，我很相信，這應該會是件多麼有趣的事，然後扭轉身，站在和不懷好意的歲月遙遙對望的峭壁，看著繁花落盡，看著鵝飛水靜，看著自己站在一塊跟別人借來的場景，訕訕地和另一個自己相遇，並且擱下一句，「早就猜到你會在這裡。」

目次

輯二　空

輯三 浮

輯四 雕

輯一

鏤

張國榮

Leslie Cheung

星之全蝕

後來劉嘉玲才透露，葬禮回來之後，梁朝偉一句話都不說，成天抿著嘴在屋子裡安靜地踱步，甚至把酒吧上的紅酒杯子都取下來，一個接一個，慢慢地擦了又擦，但你其實可以聽得見梁朝偉心裡面的風，在呼呼地、呼呼地吹——一直到第三、第四天，當大家都慢慢接受下來張國榮已經不在了的事實，他這才徹徹底底崩潰下來，哭得整張臉都腫了。

那一天是四月八號吧，我隱約記得，張國榮的出殯日。明星們從歌連臣角的火葬場出來，魚貫登上安排好的長巴離開，而梁朝偉打上領帶，穿著一整套肅穆的黑色西裝，輕輕摟著神情哀戚的劉嘉玲，然後鏡頭掃過，我看見梁朝偉的右臉在鏡頭面前，在香港被SARS籠罩的灰色氣壓之下，結結實實地抽搐了那麼一下——

春光驟熄，最終他愛的何寶榮並沒有兌現諾言，和他「從頭來過」。現在回想起來，梁朝偉的失落，其實並沒有比唐唐疏淺，他說過，在某一個面向，張國榮其實很像劉嘉玲，天生有著那種一個眼神橫過來，就可以將他的肩膀按壓下來的本事，而且，他心底下一片清明，很難在戲裡遇見像張國榮那樣，一反手就把他深埋在十萬深淵底下的自己挖掘出來的對手，最重要的是，每一次和張國榮搭戲，他都實實在在感覺到張國榮不斷在戲裡釋放出成就他和圓滿他的善意。這不容易。尤其當兩個都已經是呼風喚雨、獨當一面的角兒的時候——

因此我一直都很相信，如果社會再開放一點點，如果運命再體貼一些些，梁朝偉應該不會排除讓自己去想像和張國榮之間的愛情會有開花結果的可能。因爲純粹站在善待愛情的角度望過去，張國榮從來都是一個勢均力敵的對手，他懂得愛，也願意愛，並不是每一個在原則上懂得愛的人都願意在實際裡焚燒自己、滅絕自己去完整一段愛。而唯一橫在梁朝偉和張國榮之間的，我猜，不是抗拒，而是禁忌。至於那些風風火火的，爲愛情崩得臉青鼻腫的場面，黎耀輝和何寶榮其實都在布宜諾斯艾利斯一一體驗過了，梁朝偉在劉嘉玲身上找到的，只不過是一面終於可以讓他馴服下來，不需要再爲愛情出生入死的箭靶而已。

而我並不否認這一篇稿子的投機成分。人間四月天。四月不應該只有林徽因，四月必須還有張國榮。對於八、九〇年代的香港娛樂圈，我恐怕和你一樣，始終牽絆著太多絞不斷的情意結，張國榮很明顯是最飛揚跋扈，也最動魄驚心的其中一節。那個時候的張國榮，他一站到舞台上，整個舞台就活了，並且他在舞台上投射的，不單單只是一個張國榮，一個一貫自戀復自信的天皇巨星，而是一整個香港，一整個八、九〇年代——馬照跑舞照跳，人人甘心情願照爲生活拚搏奮鬥的香港。我們都記得，那時候是香港最意氣風發，最自負，也最剛強的時代。

這也是爲什麼，張國榮老讓我想起米蘭・昆德拉說的「不朽」，雖然「不朽」其實是個挺老土的字眼，至少「傳奇」聽起來就時尚多了。但「傳奇」是個名詞，「不朽」才是一種精神，一種依戀，一種寄託。張國榮的不朽，是完全聽不懂中文的人也會瘋魔於他演出的程蝶衣；是怎麼鄙視廣東流行音樂的人會一聽到他唱「我勸你早點歸去」也會呆怔原地，一臉不置信但又一臉不可自拔地不願意清醒，而且這麼多年過去了，歲月澆熄了青春，我們卻始終沒有遇見第二個總算可以讓我們不再那麼牽掛張國榮的巨星。

實際上認識張國榮的人很難不喜歡他。連出了名挑剔的亦舒也疼他，喚他萊斯利，某次亦舒見到張國榮，十分詫異張國榮竟長得這麼漂亮，既清秀伶俐，又斯文有禮，不光是長了一張好看的臉而已。還有李碧華，誓死捍衛張國榮，如果《胭脂扣》的十二少和《霸王別姬》的程蝶衣不是張國榮，她寧可和片商決裂，把劇本搶回來不賣出去。記憶之中，張國榮和美人們如張曼玉鍾楚紅林青霞劉嘉玲都走得很近，尤其是張曼玉，他喜歡親暱地叫瑪姬「衰婆」，然後每次聽見瑪姬吃了愛情的暗虧，他總是第一個衝上前去，一面心疼一面忍不住斥責，像憐惜親生妹妹那樣地憐惜著張曼玉，他是女明星們最愛的賈寶玉，也是女明星最親的閨密。

可張國榮發病的時候，他完全失去了主張，不知道什麼時候應當把門打開讓別人進來，一味鑽進絕望的角落裡不讓別人看見他的破敗與懦弱。林青霞見過他不停顫抖的手；林嘉欣接過他半夜除了嘆息就像電報一樣持續保留空白的電話；還有他的外甥女，也接到他這位十舅父突如其來的要求，要求陪他去拜祭他忽然十分想念的母親——這一切的一切，都是張國榮發出的最含蓄也最微弱的求救訊號，也是一個憂鬱的靈魂在尋找可能的出口，只是大家偏偏都忽略了，都以爲張國榮天生是在命盤上穩占上風，百年無憂的名門貴公子，他會好起來的，一切會過去的。

發病之後的張國榮鮮少露面，最後一次被狗仔隊拍到，即便形色匆匆，也還是難掩一臉的恍惚。當時似乎是出門到醫院複診，又似乎是在唐唐的陪同下赴朋友的約吧？但見被病症蹂躪之後的張國榮，風景依然是風景，即便頹垣敗瓦，也還是有一種懾人的蒼涼之姿。張國榮消瘦了，但眉眼依然俊秀，如一幅入秋的畫，素淡而雅致，乍看之下還

以為那是他為新戲而試的造型。這麼些年，新人來的來走的走，舊人老的老收的收，一直都沒有遇見過俊美得像張國榮那樣的，讓初見他的人眼裡盡是滿滿的驚嘆號。

我記得張曼玉說過，她第一次在片場見到張國榮，張開來的嘴巴久久都合不上去，夜裡收工回家，不斷地拉著母親說，「我今日見到一個好靚好靚好靚嘅人」，可見張國榮的俊美是連女孩子都要震撼和嫉妒的。沒有人會忘記《阿飛正傳》裡頭走路有風、意氣勃發的旭仔，他明明可以把整個世界的繁華都攬進懷裡，但他偏偏提起脆弱如琉璃的人生狠狠地在自己面前用力砸碎：寧為玉碎，不為瓦全——這才是鑽進骨髓裡眞正的阿飛。

我記得張國榮墜樓離世的新聞被證實的時候，我人在吉北的家鄉，坐在客廳陪當時身體愈來愈孱弱的母親一起看八點鐘的電視新聞，母親意會了我的震驚，忽然幽幽地轉過頭來問我：「他母親還在嗎？」我知道母親的意思，如果張國榮的母親還在，他難道不擔心這會多麼地傷透一個母親的心？同年七月，母親離開，我整個人被掏空掏盡，常常下了班回到吉隆坡的公寓，坐在露台上對著空空洞洞的天空發呆，眼眶裡的淚，很多時候就像水位過高的蓄水池，稍微悸動，就會漫溢，並且我不斷產生幻聽，聽見有人用哼唱的語調召喚我往對面那棟十六層樓高的公寓天台走走，說那裡風很大景很寬，為什麼不上去看——憂鬱症不是一件名牌外套，罩上了它就可以讓自己病也病得時髦；也更加不是天命由心，你避得開它天羅地網的魔障，你就解得了你厭世的困惑。

所以事隔多年再寫張國榮，終究還是覺得特別心虛，特別踟躕惶恐，主要因為他在演藝事業和愛情版圖上過分張揚的美麗，分散了我們對他內心陰暗和虧蝕的注意力，並且我們願意去懂得的張國榮的低落，其實太少太少；反而我們刻意去記取的張國榮的風光，卻又太多太多：他的色如春曉，他的風光明媚，他的哀樂休戚，他的繁華落盡，到頭來我們所能理解的，不過是天上一顆星星的燦亮與隕落。

常常，我們誰不都是老犯同一個毛病，以一種自以爲是並且蠻橫的方式去愛眼前的人，卻不知道眼前的人所渴望的，有時候不過是一個善意的牽引，一場低調的擺渡和一份體貼的成全，就好像我們根本不知道，張國榮在決定放棄對紅塵聲色的眷戀從酒店墜下之前，是如何地將自己關押在情緒的寒流裡哆嗦，在風光背後，摸索著比黑暗更黑暗的黑暗，卻永遠等不到詭異的天色，也許很快就會破曉。

張曼玉 Maggie Cheung

開到「曼玉」花事了

我見過張曼玉三次，三次都是她巧慧娟妍，如香檳玫瑰般盛放得最目中無人的時候——

第一次是她來吉隆坡拍攝成龍的《警察故事》。那時候我剛踏入雜誌界，寫時尚之前，其實也追過明星跑過娛樂，當時張曼玉在酒店的健身房裡，見到有記者，機靈地即刻轉過身就想走，是成龍揚聲把她叫住，她才勉爲其難地坐了下來，乖乖就範。

而不超過二十分鐘的訪問，我對張曼玉的印象只有兩個，她其實笑得不多，倒是臉蛋眞的很小，巴掌似的，因爲完全不帶妝，半點豔光都沒有，可是因爲實在年輕，和亦舒寫的一模一樣：「一頭好頭髮，體格無懈可擊，偶爾笑起來如純潔兔寶寶」，但我的下巴並沒有因爲初見張曼玉而掉下來，她的美麗並沒有讓我必須扶著椅子才站得住的震撼力，遠遠不及林青霞，一眼望去，浩瀚遼闊，無一不是美麗。

可是我特別喜歡張曼玉說話的聲音，低低的，像一隻手在安靜的午後輕輕推開厚重的木門，即便是最簡潔的對答，明知道她答得敷衍，答得心不在焉，但那聲音還是天生帶著感情的。我記得侍應生把飲料送上來，張曼玉說她少喝冷飲，我隨即把自己點的溫水推過去，她馬上禮貌地用廣東話問：「那你自己呢？」那聲音我一直記到如今。

第二次是在吉隆坡國家禮賓館，那時的張曼玉已經是國際影后，飛過來純粹是爲代言的名錶站台。我記得她穿著一條線條俐落的裙子，英語說得舒暢飛揚，全身沒有多餘的首飾，只有一隻錶在她回答問題時，有意無意地揚起，有意無意地閃閃發亮——這恰恰就是造型的高妙之處。而那一次，也是張曼玉和該品牌全球總監的緋聞傳得沸沸揚揚的時候，並且整個招待會因爲兩人遲遲待在廂房裡不出來而延後了大半個小時——而張曼玉時時刻刻都需要被愛情滋養的說法，恐怕打那時候已經留下太多的蛛絲與馬跡。

至於對上一次在北京見到張曼玉，其實也是好幾年前的事了。張曼玉在三里屯出席「萬寶龍」品牌活動，我恰巧被安排坐在近門邊，看見穿著灰色薄紗綴鑽片超低胸晚禮服的張曼玉在臨上台之前，飛快地把手指伸進嘴裡剔了一下上排的牙齒，想必是擔心完美的巨星形象在苛刻的鎂光燈面前有所閃失吧，可百密一疏，一個不小心把最不應該在公衆場合張揚的小動作給我看了去——至於重點是，那一次品牌專程邀請張曼玉以優雅的國際影后形象詮釋特別爲摩洛哥皇后兼奧斯卡影后格雷絲．凱莉設計的珠寶系列，偏偏張曼玉卻在媒體見面會上一開聲就在媒體的逼問之下無奈地親口宣布和德國建築師男朋友正式分手，結果幾乎不費吹毫之力，「瑪姬與德國建築師男友告吹」的新聞就搶盡

了隔天全北京的報章頭條，而且因爲她是張曼玉，同時也是阮玲玉是金鑲玉是蘇麗珍是蔣南孫是玫瑰是青蛇，誰還會關心品牌推出的首飾系列長成什麼樣子了？大家關心的是，頻頻爲愛情焦頭爛額的張曼玉，會不會因此而對愛情徹底戒嚴宵禁？並且品牌高層的臉，據說因此唰地一聲，全黑了下來。而當時偏偏是張曼玉最風光也最風華正茂的時候，她的美麗結合了東方的蘭蕙芷蘅和西方的風尚優雅，實在是所有高級時尚品牌力爭的代言對象，更何況那個時候，美麗這兩個字，在張曼玉身上根本就是顆特備飛彈，不但充滿發動力，更具有誘導能力，尤其對於追隨時尚的群眾，隨時可以發揮最強悍的左右作用，誰也不敢拿她怎麼樣。

可張曼玉再華麗、再風雅、再曼妙，終究還是得在歲月面前低下頭來，這不是宿命，是定律。最近受邀出席高端時尚品牌的活動，張曼玉笑意嫣然地站到照相牆前，新染的髮色在燈光底下像是熟透了的橙紅色麥穗，把她原本瘦削的臉容映照得特別憔悴特別慌張，立時挑撥了娛樂媒體的集體八卦神經，竟不約而同，大力鞭笞，把焦點從品牌新店開幕轉移到她江河日下、苟延殘喘的美色。可我們不也都心照不宣，在歲月面前，彩雲易散琉璃脆，所有事物不都是脆弱得不堪一擊的嗎？更何況那只是一張曾經穿著花色妖嬈的旗袍，提著鋁飯盅到唐樓底下婀娜走過買碗雲吞麵，美麗到極致的張曼玉的臉？張曼玉的下半生雖然還沒有對誰托付的著落，但她的日子看來畢竟還是過得挺拔自在，我們有沒有必要對一個喜歡抽很細很淡的煙，喜歡自己剪頭髮，喜歡一個人逛美術館和二手服飾店的女明星趕盡殺絕呢？

至於時間——時間本來就不講情理，即便是美人，在歲月面前也沒有獲得額外優待的權利。而最能體現時間殘忍地流逝的，我漸漸發覺，其實並不是鐘錶，而是女人的臉，尤其是美麗的女人的臉，她們色如春曉的眉眼，通常都逃不過在時間的滴答聲中一分一秒荒蕪、折損、枯萎，白雲千載空悠悠。

實際上，在時尚與美的疆界，我不是相對主義者，從來不會特別向東方或西方的文化靠攏。但亞洲文化再怎麼快馬加鞭地革新、再怎麼招兵買馬地企圖西化，到底還是與西方審美標準有著一定的差距——連呈現「美」的方式，到今天還是沒有絕對的自由。正如蘇珊・桑塔格曾經說過，西方公民自由的標準在亞洲完全起不了作用，亞洲文化基本上強調的是集體主義，但這態度卻有遺毒，因爲它背後的精神是殖民主義的——這多少也解釋了爲什麼娛樂傳媒們對張曼玉曾經叱吒中港台並獨成一格的美麗，竟毫無反抗能力，卻在時間的咄咄逼人之下淪落得愈來愈蒼涼之際，媒體做出的批判式反應，卻是大力鞭笞和踐踏，完全缺乏同理之心。而這其實是多麼鋒利的連接和轉折呢，因爲張曼玉一張在歲月面前竭盡全力卻依然徒勞無功無力的照片，竟牽動出蘇珊・桑塔格的哲學理念，並讓我嚴厲地檢驗起自己對於「美」的包容度和接納能力，到底是不是合乎開放的標準。

沒有一個年華老去的女人可以和歲月和睦共處。在年華終歸老去的歲月面前，女人們都手無寸鐵地等待衰老降臨：一是帶著一臉的矽膠，皮笑肉不笑地繼續蠻橫地和歲月角力；一是逆來順受，徹徹底底地讓歲月辜負曾經泣天地動鬼神的美麗。但因爲張曼玉是張曼玉，所以她措手不及地被逼在衆目睽睽之下，倉促上映了一場她和她曾經呼風喚雨的美麗道別的儀式——林花謝了春紅，開到「曼玉」花事了，再提傳奇就顯得俗氣了。我比較相信的是，一個美麗的女人在五十歲之前把自己活成一則傳奇實在不是太難的一件事，但五十歲之後，走的明顯是一段下坡路，要讓自己一直傳奇下去，靠的已經不是運氣，以及僅僅一層皮膚那麼深的美麗。

張愛玲說過：「悲壯是一種完成，而蒼涼，則是一種啓示。」因此被歲月「辜負」，其實完全印證了張愛玲所預言的「蒼涼的啓示」。而被翻臉無情的歲月辜負，和被曾經信誓旦旦的男人辜負，所承受的情感煎熬是一樣的，一樣的痛苦著，但又一樣的回味著。歲月明明背棄了妳，但每一個女人，都遲遲不肯放下曾經風光明媚的逝水年華，都還一直忐忑地學不好如何接受和善用歲月回贈予她的那一份歷練，那一份自在，以及那一份套在腳上的鞋子漸漸鬆軟了，但臉上的笑容慢慢寬容了的黃昏之後的美麗——就算她是張曼玉。

梁朝偉
Tony Leung Chiu-Wai

最後一班陪伴月光奔跑的地鐵

劉嘉玲出事的那個晚上，他完全開不到車，整個人慌成一隻被獵人射中右腿的麋鹿，渾身顫抖，是張學友二話不說，抓起車鑰匙，抿著嘴，整個港九開著車，一圈又一圈，兜了再兜，陪他找人，陪他慢慢地把沸騰著煎熬著的情緒壓制下來，事情已經這麼壞，事情也許還可以更加壞，但至少在那最關鍵的當兒，身邊有個人，可以伸出半邊身子，幫助他鎮定下來。於是後來吧，張學友在經歷一段不算太短的低潮過後，復出並第一次在內地開演唱會，平時對這些鎂光燈啊派對啊記招啊慶功宴啊粉絲啊，總是能避就避的他，竟然誰也沒有驚動，一個人，飛到北京，並且破了天大的例，演唱會結束後悄悄溜進後台，給張學友一個文靜的、千言萬語的擁抱。

這其實是後話了。前言是，我其實並沒有太過著迷在電影裡頭風風火火的梁朝偉。我喜歡的是，往後退開幾步，隔著適當的距離，袖起手，像無可無不可地跳著讀村上春樹的短篇，自顧自在支離破碎的情節當中，拚湊出我自己愜意的梁朝偉。就好像我特喜歡在阿根廷爲病菌感染瀉肚子瀉得連站都站不穩的張國榮煮粥，然後一口一口餵他喝，並且體貼地牽著病後體弱的張國榮，在杜可風刻意打出來的綠色燈光的客廳裡一起練探戈的梁朝偉。而且我到現在都還覺得在阿根廷乍洩的春光裡，梁朝偉頭上頂著的小平頭是那麼的性感，讓人忍不住想把他攬進懷裡，然後把臉湊過去，閉起眼睛享受短短的髮尖觸上肌膚，那種酥酥麻麻的刺痛感。而到後來我才知道，那髮型原來是張叔平親手用電動剃刀給生硬地鏟出來的，圖的就是那種廉價理髮店理出來的效果，他要梁朝偉臉上有那種同時被日子三番四次戲耍霸凌以及被愛情來來回回推拒逢迎，像孤零零地掛在廚房裡的一把勺子那樣的孤絕感。而我之所以對剃平頭的梁朝偉感覺特別震撼，是因爲我見過穿著鼻環留著半長頭髮，額前的劉海垂到鼻尖，渾身grunge look，痞著腳步在吉隆坡當時尚未改建成DoubleTree還叫Prince Hotel的咖啡室朝媒體們走過來，用生硬的華語對大家說，「那我們就一邊吃一邊談吧」的梁朝偉。那時候的梁朝偉還挺年輕，臉上多少還有一股「隨便吧，都沒所謂」的玩世不恭，無可無不可的飛過來爲第一張廣東大碟宣傳，而我對梁朝偉的第一印象是，他在電影以外的自我表現能力原來還眞有點未盡人意，比想像中害羞，也比想像中封閉，整個人時時刻刻都往內收，我唯一記得的是，他把眼睛垂下來，因爲坐得近，可以清楚地看見他的眼睫毛眞長，像一對蝴蝶的翅膀，一忽兒深情款款地一張一合，一忽兒深情款款地覆蓋下來，而他說話的聲線，永遠帶著一種還在賴著床的慵懶，其實不是不適合唱迷迷朦朦的情歌的。

而我一直想說的是，我應該不是唯一一個覺得在氣質上，梁朝偉特別的接近村上，因此如果真有誰想將村上春樹的故事拍進電影裡，現階段的梁朝偉其實老得剛剛好，他看上去就像擱在茶几上就快完全涼了下來的一杯清茶，浮在杯口上薄薄的那片茶膜，有一種欲說還休的滄桑，並且幾乎不需要怎麼在外貌上造型，也不需要怎麼在對白上起韻，只要往鏡頭前面一站，村上春樹的儒雅和梁朝偉的清正漸漸的就合爲一體，他們基本上就是彼此的隱喻，也是被彼此追蹤的兩條影子，尤其他們那種努力與現實生活握手言和，卻又無可避免格格不入的巨大距離感，落在很多憂心忡忡的中年男人眼裡，很自然就泛起一圈圈熟悉的漣漪，因爲人近黃昏，因爲千帆還未過盡，那是老男孩們的內心世界，視力、聽力和感受力都最彷徨最慌張的時候，常常對被忽略的自己有著一牛車說不出口的歉意。聽說梁朝偉讀村上春樹讀得很兇，而且喜歡的章節，可以一整段一整段地背出來，而且他也讀很多的三島由紀夫，喜歡三島文字中那種和生活決裂並且自我毀滅的美感，對日本文學虔誠地奉行著詭異並且不可言喻的精神上的皈依。最重要的是，梁朝偉從來都沒有否認他是個不怎麼反抗，樂意被際遇裹挾著走，沒有什麼改革意識的一個人，就連鬱鬱寡歡，他的鬱鬱寡歡也都是小心翼翼的，不張揚，也不叨擾身邊的人。而且，爲了不想讓自己一直自欺欺人地平易近人，梁朝偉總是一有機會就避開人群避得遠遠的，喜歡一個人半夜在紐約坐地鐵，在寂寞裡歡愉地任由情緒自由自在地自瀆，就好像村上春樹說的，告訴人家自己是一名作家是挺難爲情的一件事，因爲作家太招搖了，明星其實也是，梁朝偉如果不是因爲甩不掉的演員身分，無論接下什麼樣的角色，總得貫徹始終，總得張弛有度，也總得對每一個角色的設計有一定的參與和投入，他其實和村上春樹一樣，有一種很紳士的固執，不容許自己對生活的虔誠度和儀式感受到外界絲毫的侵入。至於在電影世界裡頭，梁朝偉一直都是一個值得被尊敬的對手，我記得劉德華有一次和他同時角逐影帝，談起輸贏，談起對手，談起五虎，劉德華忍不住說，誰是影帝都還是其次，關鍵的是層次，他自己現在也只能算是個八面玲瓏的藝人，但梁朝偉早已經是個藝術家了。而且梁朝偉在銀幕上的爐火純青、遊刃有餘、輕盈靈活、沉穩洗練，就連李安也說過，梁朝偉特別厲害的地方是，他連背影也有推動劇情的演技。我不是影癡，不知道梁朝偉的好，原來已經好到可以給香港影帝設定不一樣的氣派和不一樣的深度，因爲有所爲有所不爲，所以才成就他今天的作爲。

另外，在情理上，梁朝偉和張國榮的個性根本是湊合不到一塊兒的兩個人，連王家衛也說，張國榮是花蝴蝶，在片場裡滿場亂飛，疼惜別人的同時也要別人疼惜，偏偏梁朝偉卻安靜得像一座擱在走道旁差點被美術指導冷落的小道具，可以一整天乾坐著不出一句聲。有一陣子，張國榮和梁朝偉是鄰居，張國榮老鑽過來和劉嘉玲還有王菲同林青霞打麻將，梁朝偉則躲在房裡聽很重很重的搖滾音樂，偶爾出來給大家添茶遞水，老愛給張國榮介紹什麼雨前龍井什麼七子普洱，遇著張國榮賭興正濃，聽了就覺得好鬼煩，乾脆尖著聲音朝梁朝偉嚷嚷，「我鼻子塞啊什麼都聞不到，你給我沖一杯甘菊茶包就好」——所以張國榮離開的時候，梁朝偉哭得比誰都兇，後來他才提起，他好懷念張國榮那陣子因爲家裡有人嗅不得煙味，常常按個門鈴就過來借他家露台抽煙，兩個人碰著了就有一搭沒一搭地聊幾句，在煙霧彌漫中，沒有特別的惺惺相惜，但有一種看不見的纏繞著的親昵，說不上來爲什麼，梁朝偉覺得除了劉嘉玲，在張國榮面前他可以讓自己敞開來，做一個木無表情把頭剃光的詩人。

太多人說，劉嘉玲是梁朝偉「最不梁朝偉」的一次選擇，但就這一點，我始終略有保留——如果不是劉嘉玲的霸氣而強悍，恐怕沒有第二個女人可以忍受身邊的男人像梁朝偉那樣，稍微在片場裡一個鏡頭拍得不稱心，晚上回到家就不吭一聲，低下頭，把一屋子的地都來來回回地抹乾淨，然後把臉埋進沙發裡，結結實實地痛哭一場，哭完了劉嘉玲就把熱毛巾遞過去，然後給他倒杯水，一句話都不問，單幾個行雲流水的動作，就可以把梁朝偉九曲十三彎的情緒給熨得服服帖帖的，她甚至從來不過問自己在梁朝偉心目中的位置，因爲她知道，梁朝偉最愛的女人未必是她，但梁朝偉最需要的女人絕對是她，只有她能夠用一個眼神就把梁朝偉摁在椅子上。雖然我老覺得劉嘉玲年紀愈大愈嗆烈，她豔麗得接近兇悍的妝容，還有她把所有人都咄咄地逼到牆角下的上進心，其實都給人一種想掙脫的壓迫感，跟我們所認識的梁朝偉所應該選擇的女人有太大品味上和氣質上的抵觸，但我比較相信的是，常常都是這樣，漸漸的兩個人走到最後，劉嘉玲只是馴服了梁朝偉，用她的霸氣一路呵護著梁朝偉的文藝。而且在某種意義上，梁朝偉和村上春樹都一樣，覺得女人只是一種將他們和外界連接的媒介，他們只是通過女人讓一些事情可以順理成章的發生，並且特別享受躲在背後，被動地看著女人爲他們展示如何和外頭的世界搭橋梁打交道，至於他，就專心地當最後一班陪伴月光奔跑的地鐵，在這個咄咄逼人，精明得過了分的世界裡，寸步不移。

梅艷芳

Anita Mui

十二少，老地方等你

後來香港就再也沒有傳奇了——

後來的香港，像《胭脂扣》裡如花回返人間，石塘嘴清風依舊，惟風月不再，她手裡緊緊捏住一組和十二少相認的暗號：三八七七，可觸目所見，一切都是陌生的，一切都是躁動和驚恐的，而香港人，爲自由從公民變暴民，人心惶惶，人人自危，漸漸都被圍困在一座危城，也漸漸都被卷入民主的荒年。

於是記憶的抽屜喀拉一聲拉開，一切都變得歷歷在目起來，梅艷芳逝世那一天是二〇〇三年十二月三十，那時馬來西亞的紙媒多蓬勃，傍晚六、七點，總有一群人圍在檔口等候報館的印度派報員騎著摩托車，風雨不改，把後座疊得比人還高的晚報送到不同社區的街口，那場景完完全全漫溢出椰影搖曳的南洋風情，然後一個穿著油膩膩廚師服的年輕廚師從飯店後門閃個身溜了出來，付了錢抓起報紙，瞪著報章頭條，一邊讀一邊轉動他舉起的右手食指，「Why Why Tell Me Why，嗄，這樣就沒了？」而那晚的暮色，奇怪，竟攏合得比平日遲，都臨近七點半了，珊瑚色的夕陽還紅豔豔地掛在八打靈舊區的一角，而我瞥見那年輕廚師的眼裡，閃過一絲對命運的不屑，和幾分因爲梅艷芳離世而藏不住的悵然若失，他們因爲梅艷芳，把生活裡晦暗苦悶的冰山劈開，也因爲梅艷芳，相信只要有才幹，只要肯奮鬥，再怎麼草根，再怎麼爛泥，都有可能翻身一變，變成爲各自行業裡的天皇巨星，偏偏梅艷芳卻不在了，留下最後一場演唱會上一道長長的鋪上紅色天鵝絨長布的雲梯，人去樓空——

同樣的，當時香港電視台一連幾天都在直播梅艷芳的死訊和葬禮，那時因爲SARS，因爲Leslie，香港從來沒有如此愁雲慘霧過，我第一次看見平時說話霸氣舉止剛硬的香港人，在那一陣子是多麼的壓抑和無助，而且電視台一直把梅艷芳強調「別矣，香港的女兒」，她不在了，香港的氣魄，在一定的程度上，崩損了，也漏散了。我在電視上看見梅艷芳的靈車從靈堂徐徐駛出，守在路邊的歌迷和影迷見了，頓時抱在一起，哭成一團，甚至有一個年輕的女郎，掙開她外籍男友的臂膀，手裡持著一束顫抖的白菊衝到馬路上——我其實心裡明白，他們都捨不得梅艷芳，但他們更捨不得的是，曾經趾高氣揚、頭角崢嶸的那個香港。

而梅艷芳和張國榮終究還是不同的。張國榮的離開，是一顆明星在大家面前倏然隕滅了，大夥的傷心裡頭，有太多的惋惜，有太多的不捨；至於梅艷芳的逝世，除了風月易散，煙花太冷，更是香港一個時代的結束，也是香港一則傳奇的終止，大家的反應是

悲慟，是震撼，是難以接受——梅艷芳和香港同唱同和，同呼同吸，同悲同喜，和香港的連接太過緊密太過深刻，幾乎大半生都在爲社會吶喊，爲公義護航，爲朋友出頭，在梅艷芳身上，我們看到的是香港人如何把奮鬥、義氣和操守，都擺在自己前頭，如果梅艷芳還在，香港一連串的「反送中」遊行，登高一呼的是她，走在最前頭的也是她，終究會讓我們看見香港藝人的俠義精神和凜然風骨更是她，她根本就是香港最引以爲傲的本土品牌，不但見證了香港如何從賭窟和

貧民屋遍布的六〇年代，蛻變成廿世紀繁華高樓聳立的國際金融大都會，更徹底影響了九〇年代廣東流行歌曲飛躍風行的娛樂精神，提升香港藝人的國際地位，讓香港以外的每一個人，都對這顆曾經光芒四射的「東方之珠」肅然起敬，另眼相看。

我特別記得，好多好多年前，梅艷芳來馬來西亞宣傳，那時候一大票的娛樂記者幾乎都是她的粉絲，梅艷芳還沒出現之前，其中一位領頭的大姐還用廣東話把大家招呼過來說：「來，我們統一一下，待會梅姐出來，我們應該要稱呼她 Mui『謝』，還是 Mui『遮』。」當時我站在一邊，算是半個參與者，禁不住震驚，完全不知道原來一個眞正受到尊重的藝人，大家連對她的稱呼，是第二音還是第四音，都會再三斟酌，來回推敲，深怕不夠恭敬，深怕怠慢了她，可見梅艷芳贏得的尊敬，幾乎是壓倒性的。然後她坐下來，因爲瘦，看起來比想像中高，很小心地把纖瘦的身體藏進特大號的牛仔外套裡，而我一邊用筆作紀錄，一邊留意她那兩隻露在外套外的手，那麼白皙，那麼纖瘦，那麼嫩滑，令我想起梅蘭芳那雙曼妙嫵媚，柔若無骨的造手，聽說梅蘭芳爲保護雙手的柔嫩，平日洗臉，是連毛巾也擰不得的，而且夜裡入寢，舌頭上一定壓著一片梨子保養嗓子，第二天醒來，梨片都是黑色的，我很好奇梅艷芳是不是也這樣？

而關於愛，梅艷芳的愛情影影綽綽，但福氣終究單薄了些，雖然她愛過的每一個男人，任何時候都會伸出臂膀保護她，珍惜她，尊重她。特別是趙文卓。有一次趙文卓上清談節目談起梅艷芳，觀衆席上還坐著他的太太張丹露，主持人問起他和梅艷芳的舊情，他先是靦腆的笑，提起最後一次見到梅艷芳是在上海，當時梅艷芳已經病入膏肓，他明明是剛烈的練武的人，看在眼裡，也心如刀割，後來梅艷芳走的時候，他給梅艷芳寫了八個字：「此生至愛，一路好走」——說到這，再怎麼硬朗的漢子到底還是禁不住在鏡頭面前紅了眼眶，兩道濃黑的眉毛緊緊地壓下來，喉結不斷滑動，哽咽著說：「梅艷芳是我這一生深深愛過的女人。」一個男人，要對愛情多麼有始有終，要對愛過的女人多麼有情義有擔當，才有勇氣在妻子面前，承認另一個離開的女人是他的至愛？他說，在他眼裡，梅艷芳是菩薩，對所有人都好，旁人說她什麼壞話，她都可以忍受，但朋友受到攻擊和委屈，她就萬萬不能——至於他們之間的情事，包括梅艷芳說過，如果沒有那場誤會，她很可能已經是趙太太了，他都隻字不提，他說：「愛一個女人，就是保護和她之間所有的祕密。」單就這一句話，趙文卓也不負我們一路把他視爲情天浩浩、那個眉眼如峰、頂天立地的法海。在愛情面前，梅艷芳是許多男人的紅顏知己，也走進過很多男人的心裡，但最終一切都是如夢幻泡影，因爲把愛情組合在一起的，除了因果，除了緣分，還有命盤，梅艷芳的命盤裡面，桃花折損，黯然銷魂。

甚至亦舒也提起，香港再也不會有第二個女人，可以在她出殯送葬的時候，替她扶棺的都是全城最受矚目的型男，都是當時影視圈裡最耀眼的一時亮瑜，包括劉德華，包括梁朝偉，也包括劉培基，還有走在前頭爲她捧著遺照的謝霆鋒——甚至連楊紫瓊和香港前廣播和新聞處長張敏儀，也打破了女性不扶棺的傳統，低下頭，萬般不捨，給梅艷芳送上最後一程。而且攝影師也拍到了當年受過梅艷芳肝膽相照暗中接濟的吾爾開希，他胖了，邋遢了，穿著一件寬寬鬆鬆的淺色牛仔褲，但神情肅穆而哀傷。還有近藤眞彥，時光很公平地也踩平了他的青春，眼神不再精靈狡黠，在靈堂上悲傷得四肢無力，需要人攙扶，但我們誰都沒有忘記，他曾經是如日中天的日本天之驕子，和梅艷芳有過夢裡共醉的情愛糾葛，而梅艷芳生前最愛的那一首〈夕陽之歌〉，原唱者就是近藤眞彥。而因爲都被這一些精銳人物圍繞，梅艷芳這一生也許並不圓滿，但絕對壯觀。

我常常想起當年認識一位特別喜愛梅艷芳的朋友，平時省吃儉用，不捨得對自己好，可爲了梅艷芳，竟豁出去買了機票和最貴的門票，專程飛到香港看梅艷芳最後一場演唱——因爲知道，這將是她最後一次的演唱了，她當晚打了嗎啡所唱的每一首歌都是絕唱，所說的每一句話都是遺言，朋友看見梅艷芳忍著痛，一步一回顧，穿上劉培基爲她設計的婚紗，爬上長長的紅色絲絨雲梯，「斜陽無限，無奈只一息間燦爛」，和歌迷們依依不捨地揮手，每一步都把歌迷們刺得遍體生疼，他說，很多梅艷芳的歌迷其實一整夜都是流著淚把演唱會看完的。結果沒多久，梅艷芳死訊傳來，朋友把臉埋進臂彎，俯在咖啡座的桌面上，哭得渾身哆嗦，多麼懊悔又多麼慶幸自己去看了梅艷芳的演唱會。懊悔，是因爲如果歌迷們都不忍心看，也許梅艷芳就不會硬撐著唱，如果不硬撐著唱，會不會就可以把梅艷芳能留多久就多久？芳華絕代，梅艷芳選擇了她最喜歡的方式告別，但她從來沒有離開，她一直是我們擱在心頭上最放不下的，前事渺渺故人來。

張震

Chang Chen

枯嶺街上的一線天

去你家——舒淇溜下樓，把她昏睡中的同性情人留在家裡，對騎著機車來看她的張震說。張震垂下眼，也不多問，順從地把機車掉轉頭，遞給舒淇一只安全帽，噗突噗突地就朝他家裡的方向騎去，而那一路上，侯孝賢的鏡頭死死地咬住張震不放，他蓄了羞澀而疏落的唇鬚，嘴巴抿得緊緊的，風用力地掌摑在他臉上，但我看見的是，他額頭上繃得緊緊的青筋，全都是隨時準備爆射開來的情色，他巴不得馬上把整張臉輕車熟路地埋進舒淇的胸脯，在柳暗花明的肉慾裡劫後餘生。

多奇怪。導演們好像都私底下約法過三章，特別喜歡把張震在電影裡頭設計成情慾的導體，讓戲裡的女主角明目張膽地勾著張震的脖子放縱自己。就連王家衛也是——他讓鞏俐把手伸到張震胯下，來來回回搓摩，張震整張臉漲得通紅，眼珠子差點突了出來，既亢奮又悲哀，他知道，他只是一個小裁縫，不配伏在當紅舞女身上翻雲覆雨，他就只能把翻騰的情慾宣洩在鞏俐打賞給他的那一隻手裡。

但張震不知道的是，他臉上有一種介於堅毅與等待被開發的少年氣，尤其是他那一雙猶如在懸崖邊上盪鞦韆的眼睛，對於稍有閱歷的女人來說，顯然就是一種情慾的挑撥，所以鞏俐斜著眼睥睨，喚他「小張」，然後抓起他微微顫抖的手用力按在她的腰枝上——不知道爲什麼，總有一種男人，是女人樂意把自己的身體貓過去，在被他征服的同時，也把一根繩索悄無聲息地套在了他的脖子上，偶爾想把身體貼過去暖一暖的時候，就輕輕一扯。

就好像當年楊德昌拍《牯嶺街少年殺人事件》，早在四年前試鏡的時候就把張震給定了下來，但那時候的張震實在太瘦太小，還常要坐到母親大腿上撒嬌，實在說服不了大家他會提刀殺死他喜歡的人。然後等到四年之後再會了一次面，張震已經十四歲了，開始長身體，身形拉拔得恰恰好，如果不抓緊那個時候拍，張震恐怕很快就要風一般掙脫他青澀的少年期，但眞正觸動楊德昌的，是他對身邊熟悉的電影朋友們說：「這孩子的眼神特別深，有一些我不懂得的東西在裡頭，好像在傳達一種無以名狀的感情，我很好奇，這是在其他孩子身上看不到的。」

結果電影拍完之後，有一天張震的父親張國柱找上門來，劈頭第一句就要楊德昌把他孩子的笑容和童眞還回來，他對楊德昌說，戲拍完之後，張震完完全全變了另外一個人，眼神像一口井：神祕，冷峻，深邃；常常對著空無一物的窗外發呆，他熟悉的孩子不見了，是張震自己動手，提前扼殺了他應該懵懵懂懂的少年期。

後來我常在想，小四這個角色對張震的衝擊到底有多大？他在演出牯嶺街少年的時候，也不過是個十來歲的春風少年郎，如果不是個子長得比一般同年齡的男孩們高，其實一點也不打眼，但他出奇寧靜的眼神卻給了我迎面一擊，因爲他的寧靜太過鋒利，像一把匕首擱在桌面上，一閃一閃，發著幽幽冷冷的光，暗暗藏著深不見底的殺機。

而我們其實都看得出來，張震明顯有太多觸了礁的故事擱淺在心湖上沒有被摒開

來，他只是習慣了在靜默之中安然自若地溺斃他自己：一次，兩次，三次；而那時候的青春，幾乎都是一疊一疊擲在地面上任他踐踏的，直至他開始邁入輕中年，歲月這才開始對張震慌了手腳，趕緊把他拉扯到正規一點的生活軌道上去。

我挺喜歡這麼一句話：藝術反映的往往是藝術家自己，他活過的日子吃過的苦放縱過的風流，都要點點滴滴注射進他的作品裡。但演員呢？演員恐怕不是。我記得張震說過，演員是被動的，是角色選擇了演員，而演員只是磨盡心神耗盡精力，讓角色在烏漆麻黑的電影院裡再活一次——因此他可以是苦練了三年八極拳，結果只有驚心動魄的三場戲，而在火車上遇到章子怡的時候就是他刺殺汪精衛失敗受了傷，被章子怡及時抖開來的冷裘救了一命的軍統特務「一線天」；他也可以是介入梁朝偉和張國榮之間的第三者「小張」，那麼青春，那麼無邪，看上去就像一塊乾淨而生機勃勃的陸地，平衡了兩人之間的拉鋸，而不是一座橫跨巴西和阿根廷的伊瓜蘇瀑布，激烈地沖散黎耀輝不懂得如何再去愛何寶榮的勇氣；他也可以是學了整整一年圍棋和日語，還一度留在日本模擬棋手作息，並且拍攝前必靜坐半個小時以進入角色的「昭和棋聖吳清源」。

演戲不難。難的是進入角色前的細節研究、生活體驗和拿捏感情的奔放和收斂，張震說過，他比起「一線天」幸運得多了，至少他爲了生活而做的恰巧是他理想中的事，「面子」和「裡子」都算是相應相符，不像「一線天」，終究一生都得屈就在一家叫「白玫瑰」的理髮店當理髮師隱藏身分。

因此張震到底還是趕在四十歲之前結了婚。一個目睹過父母破敗不堪的婚姻的孩子，對結婚心存芥蒂、遲遲卻步不前是絕對可以理解的事，可到頭來他還是願意爲所愛的女人，熱熱鬧鬧地辦一場人聲沸騰歌舞昇平的婚禮，幾乎把中港台澳的所有電影人都請來了——張震從來都不是一個完美的人。他也從來不熱衷做一個完美的人，也不需要爲了做一個完美的人而委屈自己。一個太完美的演員，對於我來說，終究是怎麼看怎麼無聊，但他樂意給他所愛的女人一個完美的承諾。

張震也不是貴族，他也從來沒有掩飾他偶爾的痞子氣，常常沒戲拍的日子就在台北趿著拖鞋蓬垢著頭臉到固定的小店吃飯，而且來來去去就那幾家，都是從小吃到大的，但他還是堅持回到同樣的小店點同樣的小菜，即便那幾家小店的菜都已經炒得東倒西歪，水準直線下滑，但他還是吃得津津有味，因爲他說，他是把一整碟情懷都吃進肚子裡。一個眷念情懷的男人，不知道爲什麼，我老覺得他們一旦溫柔起來，絕對可以水漫金山，地動山搖。

更何況張震一向很坦白，他的經濟條件並沒有大家想像中的寬裕，拍戲拍了整卅年，他並沒有因此飛黃騰達，主要因爲他遇上的導演都特別慢節奏，都喜歡把一個鏡頭來來回回地磨磨蹭蹭，往往一兩年下來，也就只拍了那麼一部戲，產量少得讓人擔心，倒是他自己說：「我其實很懶散，性格上也溫吞，其實慢一點好，慢一點適合我。」

事實上是張震的自我要求太過嚴苛，以前他每拍一組鏡頭就看一次回放，老是磨著攝影師要求重來，惱怒自己剛剛不該眨眼的地方偏又把眼給眨了，還有講話的速度老是有點太衝，把節奏給搞砸了，有點搭不上那場戲的氣氛。而私底下的張震話不多，喜歡靜，也喜歡不被人留意，常常在拍戲現場，手裡夾著一根煙把臉對正窗口邊，也許是在想念誰，又也許是把戲裡的台詞在心裡叨叨念念地過了一遍又一遍，老半天不說半句話。即便拍戲現場的明星陣容多麼熱鬧都好，他總會逮到機會微笑著躲到一個安靜的角落看書去，而他看的書種類挺雜，一忽兒看日本文學，一忽兒看社會學，間中也看一些推理小說和人物傳記，他說，看什麼書其實不重要，重要的是，他需要借一本書進入一種安靜狀態，把自己的心帶領到沒有人可以叨擾的地方。

當然婚後的張震愈來愈明白這世界哪來這麼多驚天動地的愛？從戲裡掙脫出來之後，男神充其量也不過是主管一家的土地神，他懂得的愛很淺白，需要動用到的愛也不見得規模有多龐大，只要兩個人靠在一起，平實樸素地過日子，只要太太可以領受他不拍戲的時候連頭髮都不梳，像個歐吉桑，穿件褲衩坐在客廳裡喝啤酒，如果碰巧撞上《教父》三集連環播，他就高興得什麼似的，可以動也不動一整天坐在家裡對著電視，毫無羞恥地虛度時光，其實那也就差不多了。

很多時候，愛情不過是故弄玄虛，以蒙太奇手法玩弄句法與詞彙，而男人的功能，就只是用來銜接故事的開頭和結尾，真正的愛，其實就在飯鍋冰箱，以及掀開的馬桶蓋和拉開門追出去的垃圾車裡頭。可不知道爲什麼，想起張震，就想起舒淇，想起舒淇在《最好的時光》裡頭是個癲癇症患者，把病卡落在張震家裡，卡上面寫著：「我是癲癇症患者，不要叫救護車，請把我移到安全溫暖的角落」，而我們在初初結識愛情的時候，誰不都是另外一個人的癲癇症病患？一而再，再而三，爲了一段可笑的愛情和一個不對的人，常常無端抽搐，也常常無端端的腦細胞過度放電，終究要等到遇上可以把自己鎮壓下來的人，才漸漸地恢復正常——其實張震也是，原來我們都是。

金城武

Takeshi Kaneshiro

——你看不見的金城武

金城武眞坦白——我四十五了，他說。而他的坦白裡頭，奇怪，我怎麼好像嗅著一股玉石俱焚的味道？他應該足足等了二十多年吧，現在終於有機會在嘴角掛個饒富深意的微笑，望著我們這些當年爲他的俊美而驚豔得整個下巴掉下來的「金」粉，彷彿在揶揄又彷彿在嘲弄著說：「瞧，我終於也老了，你們也該歇一歇，放過我了吧？」而他唯一丟下給我們的，是一條「大隱隱於市」，在最文明的城市的某段陋巷裡，一個人，沒有同類，也不需要同類，怡然自得地生活著的精神線索。

當然金城武多少低估了我們對他的不離不棄，背後其實也匿藏著我們自己不願意聲張的孤獨主義。我們喜歡他，絕對不是因爲他的名字本身就是一個電影工業的經濟體，也絕對不是完全被他的皮相吸引，而是，他之所以難得，是因爲在一個不包裝、不喧譁、不主動就會被吞噬被淹沒的世紀，他竟然選擇當一個物質和精神都冷冷淸淸的人——而這樣的人，在受惠於高科技網絡世界的文明國度裡，其實已經漸漸絕滅，金城武顯然是碩果僅存的那一個。金城武不止一次說過，「金城武」這三個字，常常他感覺渾身不自在。他不喜歡藏在「金城武」這個殼子裡的他自己，所以他從來不會刻意去經營這個名字，也從來不會拚了命爲這個名字打蠟採光上釉，然後依靠這個名字爲他自己謀求一波接一波，延綿不絕的名利，他要的，其實是一個沒有企圖心的人生——

我記得《百年孤寂》的馬奎斯在一場公開訪談中提過，「名氣這東西還眞煩，它不但侵犯你的私生活，它也會搶走你和朋友共度的時間，到最後你還必須妥協下來，和眞實世界完全隔離。」我想金城武也是。金城武說過，在銀幕上含情脈脈地看著我們的那個人從來不是他，他是一個演員，他太懂得怎麼把自己巧妙地藏進角色裡。而演員和明星不同的地方是，明星的光環一旦被摘下來，就必須面對任人挑剔和取捨，甚至被公然摒棄的可能性，所以只有徹底砸碎自己的明星形象，金城武才有機會慢慢拚湊回原本的他自己。而且從一開始，金城武就放棄利用演員的戲劇性和明星的豐富性來包裝「所謂男神，由他而始」的他自己，基本上是個挺享受在生活上一成不變的一個人，聽起來就像個安分守己的牧童，每天沿著同一條路線放牧自己，然後再沿著同一條路線將自己趕回羊欄裡，而羊隻們從來就沒有埋怨過青草只有一種顏色，一種口味——口味素寡的男人，我老覺得特別具有一種深邃的、迂迴的吸引力。

因此可以想像，金城武絕對是一個害怕熱鬧的人，非常的怕，常常怕成一個社交圈子裡的逃兵。很多年前讀過他的一篇報導，說他剛剛走紅的時候出席電影殺青宴，整個

晚上從頭到尾抓著一杯雞尾酒，傻傻地笑，安安靜靜地笑，握著酒杯的手總是微微地冒著汗，只要大家一不留意，他就悄悄溜到沒有人注意的角落，像個影子似的，希望可以不被騷擾地長長久久貼在牆壁上。結果很多年過去了，時間很公平地豐富了金城武，也滄桑了金城武，他雖然還是不夠積極，卻總算沒有辜負喜歡他的人對他的期望：紅了，更紅了，更更紅了，甚至漸漸地，紅得成爲一則帶有距離感和神祕感的傳奇，唯一不變的是，他還是那麼的害怕熱鬧和人群。有人問他，片子拍完了，宣傳也跑完了，你打算怎樣好好地獎賞自己？他微微低下頭，害羞地說：「只要沒有人注意我，那就是最好的獎賞了。」我可以想像發問的那個人是如何的如遭電殛，被他的答案呆呆地殛倒在原地，明明是一顆明星，金城武卻千方百計撲滅身上的光芒，登峰造極地，將低調當作生活上的一種修行。

也因爲低調，金城武跟圈中人的交集顯然不多，但這並不表示他在這圈子裡不吃得開——至少大家都知道，陳可辛總是特別疼金城武。而「疼」，以電影圈的專用詞彙來解釋，意思應該跟「罩」差不多。陳可辛曾經說過，金城武是一個天生神祕的演員，不管人前人後，都總是慣性地將自己收藏起來，就算摸上門找他拍戲，他永遠都是推的比接的還多，但這一種將自己與喧譁熱鬧完全隔離開來，獨來也獨往，其實也是一種不容易修成的正果，至少可以替喜歡他的群衆保留想像的空間。適當的距離，其實是一幅半透明的屏障，可以讓他躲在屏障背後舒一口氣，實在沒有必要大鳴大放，好像劉德華那樣把自己包裝得好像全年無休的煙花，無時無刻不撒得滿天滿地都是，日子久了，還眞挺考驗群衆的耐煩程度。

所以金城武喜歡全面扭熄音頻，躡輕手腳，生活在自己的世界裡其實並不是一件什麼壞事。深居簡出有深居簡出的尊嚴和不外求的快樂，最低限度，我們從來沒有機會見到金城武被逮著或者被拍到讓我們禁不住要皺摺起眉心別過頭去圖文並茂和他個人形象嚴重抵觸的滾燙花邊就是了。而我喜歡金城武，無關秀色，原因基本上跟他能夠長時期維持一個巨星的生活潔癖應該有很大的關係。更何況，角色和獎項，品質和特質，就好像村上春樹提出的「高牆與雞蛋」論，也許因爲我本來就不是專業影評人，益發可以理直氣壯地站在「雞蛋」那一邊，選擇支持一個演員堅決維護他原來的本性和特質，而不是計算一個演員道貌岸然登上頒獎台的次數。

　　而導演當中，挑剔如王家衛，其實也曾經被金城武排山倒海的俊色震懾，在金城武的青春像支抵在大家喉嚨底下的槍，最是咄咄逼人，也最是兇猛淩厲的時候，一口氣把他拉來拍上《重慶森林》和《墮落天使》，給金城武設計了一個香港公路電影上最深情的角色——到現在吧，我偶爾還是會想念金城武飾演的幹探223，想念他失戀的時候就去跑步，因爲跑步可以幫助蒸發體內多餘的水分，跑得累了發完汗了就沒有多餘的眼淚了；想念他一口氣吃完三十罐五月一號過期的鳳梨罐頭；想念在他萬念俱灰決定把BB Call丟掉的同一時刻，悍豔的金髮林青霞正留言祝賀他生日快樂；更想念他在離開酒店房間前掏出結在胸前的紅色領帶替金髮林青霞擦拭走了好多好多路的高跟鞋——那時候大家都年輕，都覺得這樣子的愛情場景眞他媽的浪漫，到後來才漸漸明白下來，所有人的愛情其實都一樣，三年之後就打回原形，怎麼可能會熬到細雨迷離的一萬年？

但眞正懂得金城武的恐怕是陳可辛。陳可辛在金城武二十多歲拍音樂錄影帶的時候就驚爲天人地發現了他，並且對自己說，將來有一天一定要拍到他。陳可辛覺得他有把握不把金城武在他的鏡頭前面當明星，卻又可以讓金城武的演員鋒芒像抖出去的劍梢一樣，刺傷周圍所有人的眼睛。我印象中陳可辛每每談起金城武，語氣總帶有一種「看見他頭一側累得睡著了，只好躡足走過去替他把燒了一半還夾在手指間的香煙給摘下來」的疼惜。所以陳可辛對金城武總是鍥而不捨。他說他來來回回，拿著《投名狀》的劇本從香港飛到日本見金城武好多好多次，並不是那個角色非金城武不可，而是他有信心金城武會因爲那個角色而與李連杰和劉德華鼎足而立，他想讓金城武在適合的劇本底下再蛻一次皮，再攀一座山——他疼他。並且每次陳可辛飛到日本，想找家最好的餐廳請金城武吃飯，金城武總是二話不說，帶他穿街拐巷，摸上一間隱蔽的小店，店裡的食物樣樣誠意十足，幾乎沒有一樣不好吃，而且價錢比那些被美食指南過分吹捧的名牌餐廳足足便宜了一半有多，這時候金城武就會因為陳可辛的難以置信而沾沾自喜，開心地露出他開始有點年紀的酒窩。而且陳可辛還提起，他母親生病，他母親過世，金城武都知道，平時素樸寡居的金城武，甚至悄悄飛去香港參加他母親的喪禮，也是唯一參加他母親喪禮的圈內人，後來他重提此事，金城武只是靦腆地笑著說，「我那時候沒戲拍啊」，一點都不想放大他在朋友最需要的時候適當釋放的一陣和風和一片暖晴，把自己拉成一個長長的空鏡，鏡頭以外，紗幕晃動，沒有刻意和誰對話的生命，總是顯得特別安靜，也特別懂得向自己靠近。

李安
Ang Lee

每個男人心裡都住著一個李安

不過是近兩年的事吧，我也記不眞切了。李安大抵爲了新片宣傳，勉爲其難地接受內地某雜誌訪問，而雜誌指定的造型師擔心怠慢了李安，撒下天羅地網，特地把愛馬仕的外套和歐洲最頂尖的男裝名牌，都一口氣給調了回來，排場之浩蕩，品牌之威武，恐怕是一般男人窮其一生都搆不上的終極奢華——

李安乍見服裝推架上來勢洶洶的衣服，也只是笑，靦靦腆腆的，一如既往，也不推辭，也不抗拒，結果照片拍了出來，那些所謂的高端時尙也未免太欺負人，把李安的肩膀，不留情面地給狠狠壓低了兩寸——其實李安根本不需要勞師動衆的造型師，他一站出來，本身就是一種「造型」，甚至連「李安」這兩個字，也已經出脫成一句獨當一面的形容詞，用來恭維別人氣度儒雅，也用來讚歎一個人的才華逼人。

但我特別感慨的是，雜誌封面上的李安，已經不再是站在竹枝上把劍舞得虎虎生風的李慕白，他原來沒有想像中耐老，攝影師的鏡頭「吼」一聲推過去，李安和他一頭灰白的頭髮都不擅長面對鏡頭，被嚇了一大跳，反而讓李安看上去特別的憔悴，也特別的顯老，並且歲月的暮色，正緊緊地向他四面包抄，他臉上的皺紋明顯加深了、變寬了、錯綜了、複雜了，但慶幸的是——李安還是維持書生式的溫文儒雅，笑容苦中帶澀，並且以他一貫的節奏和調性，彬彬有禮地準備接待鋪展在他眼前，榮辱與共、哀樂中年的後半生。

最重要的是，李安這一趟的訪問特別帶上了小兒子李淳，而李安在很大程度上，其實跟所有的東方父親沒啥兩樣，和兒子的關係始終保持著一大截客氣而禮讓的距離，並沒有十分的親密。李淳說過，李安只跟他說過一次「I Love You」，那一次還是因為他壓抑的叛逆突然連環性爆發，父子倆必須勇敢地坐下來，把自己用力地向對方打開，而且不知道是不是因爲李安的「愛」用的是英語，所以多少減低了間中的彆扭——我常覺得，時間雖然狡猾，但有時候它的狡猾也不無善意，就好像沒有人想到，當年李安把自己的小兒子找來，客串演出《喜宴》裡爲趙文瑄和金素梅的新房蹦蹦跳跳壓床的那個小男孩，眨一下眼就二十八歲了，甚至開始在他父親導演的《比利．林恩的中場戰事》，爭取到一個對白不足十句的小配角。對於兒子摸著石頭過河的演員這一條路，李安除了站得遠遠的，暗暗打點，偷偷保護，能夠做的其實並不多。李淳也從來沒有要求父親替他搭橋鋪路，卻也憑著磕磕碰碰而來的機會，在台灣金馬獎被提名角逐最佳男配角。

而小時候，李淳看見的李安，在記憶中都隔得遠遠的，印象並不是太眞實，「那時

家裡沒有書房，爸爸老愛坐在廚房裡的大餐桌上寫劇本，一邊寫，一邊對著廚房裡的窗口發呆，常常魂不守舍。」他根本不知道當時李安心裡頭來回盤旋的其實是「要不要放棄」、「該不該把劇本寄出去」？就算到了後來，拍響了《臥虎藏龍》卻經歷了《綠巨人》的滑鐵盧，李安一度十分徬徨，甚至想過就此退隱，結果父親擱下一句，「你必須回去紐約，你必須繼續拍下去」，這才逆轉了李安下半生的劇本，但也給李安留下這一生人沒有辦法彌補的遺憾——李安接住了父親按壓在他肩膀上的期許，飛往美國爲《斷背山》勘景，兩個星期後，父親逝世，李安沒有機會見父親最後一面。這件事後來任何時候在李安面前提起，他都會馬上把臉轉向一邊，永遠都沒有辦法稀釋他的哀慟。

很多時候我在想，男人也有男人的委屈，只是因爲角色的安排和形象的樹立，讓他們沒有辦法抽出時間放開自己，好好地來一場地動山搖的哭泣。就好像李安在剪接室看《比利・林恩的中場戰事》的成片，霎時間所有的壓力和委屈都湧了上來，李安一時沒有忍住，在剪接室裡痛哭——美國剪接師體貼地站起身，把門帶上，讓李安一個人留在黝暗的剪接室裡面對自己、整頓自己、放過自己。

沒有一個男人身上不曾壓過一兩樁壓根兒說不出口的心事。一個懂得把心事揣在心頭上，比如早夭的夢想，比如中年危機，比如三番四次丟失的自己，然後不動聲色地與心事同眠共舞的男人，才是一個基本上健全的男人。而每個男人心中，其實都住著一個李安，只是一直逮不到機會將他釋放出來而已。卽便李安自己，有時候也在想，如果做人能夠做到像玉嬌龍那樣子該多好，既然得不到，又既然輸不起，乾脆把自己推下懸崖，寧爲玉碎，不爲瓦全，表面上看似毀滅，其實是昇華——昇華了這麼多年局促在心裡的自己。

我記得李安某一次主動談起《臥虎藏龍》，不勝唏噓的說，電影裡頭有一句話，其實是說給他自己聽的，只不過借了俞秀蓮的口，再三叮囑玉嬌龍，「你記住，這輩子不管你做什麼，都一定要誠實地面對你自己。」於是後來，拍著《色，戒》的李安，不知道爲什麼，異常的焦慮，時常無端端地有快要窒息的感覺，連說話也開始語無倫次起來，好幾次更在拍攝現場瀕臨崩潰，因此李安決定遠赴法羅島，求見拍攝《第七封印》的瑞典導演英格瑪伯格曼，結果一見面，李安就忍不住大哭，而那位年齡比李安長一大截的導演，只是伸出手把李安攬過來，拍拍李安的肩膀，一句安慰的話也不說，因爲他太明白李安的哭，其實在哭什麼。

藝術本來就委屈。不是委屈了自己的夢想，就是委屈了自己的人生。我忽然記起一件陳年舊事，舊得，很可能連李安自己也完全記不起來了：他曾經來過吉隆坡。當時金河廣場底層的老式戲院還沒拆除，《喜宴》恰巧排在那兒上映，而難得獲得台灣中影電影公司資助獎金終於可以把電影拍成的李安，在姿態上，應該算是「隨片宣傳」吧，所以整個首映流程，總見到他靦腆地微微笑著，甚至還主動在首映會之後留了下來，專注而謙虛地，一一回應記者們的提問，完全把自己放在一個比新晉演員還要恭順的位置上——而我特別喜歡那個時候的李安，因爲可以在他臉上看見拍打著翅膀的夢想和準備大展拳腳的他自己。

可當時誰會想到李安會是一隻老虎呢？現在的李安，已經不再單純地只是一個導演的名字，而是一種現象，一種效應，一種堅持。但無論大家怎麼看，我老覺得他像一位文人雅士，多過像一位世界級的奧斯卡大導演——他太斯文，太溫馴了；也太沒有侵略性、太沒有野心了。尤其是起初透過他柔化的眼神和雅化的肢體語言所釋放出來的電影裡濃郁的人文氣息，總是讓大家都一廂情願地認定，不就只是下一個楊德昌或侯孝賢嗎？我們誰也沒有看出來，這個電影調子本來很輕，情感卻非常飽滿溫暖的台灣導演，竟勇敢地率先運用了很多人都弄不明白的3D＋4K＋120幀電影新技術，用心良苦地企圖把觀眾拉回電影院裡。

作爲第一位獲得奧斯卡最佳導演獎項的亞洲導演，也是至今唯一兩度獲得最佳導演獎項的亞洲導演，我們都知道，這些獎項對於李安本身的意義，不過是完成了他自己，圓滿了他自己，至於那些轟轟烈烈的掌聲，他都側過身，拱手讓給了台灣和整個以他爲傲的華人社會，因爲他要的不是這一些，他要的也斷斷不會只是這一些。

我記得李安上陳魯豫的節目，被調侃臉頰上的酒窩很迷人，李安可能是一時情急吧，竟然說成「其實是被狗咬的」，頓時全場一陣哄堂，雖然大家都知道這絕對不可能是眞的，怎會這麼巧啊？但李安的確在一衆導演裡頭是少數長得文氣又好看的一位，他身上很有一種他自己應該也沒有察覺到的田園式的恬淡。特別是，我總覺得李安暗地裡長了一雙挺危險的桃花眼，汪汪潤潤的，水氣很重，雖然眼神很正直，可眼睛老是靦靦腆腆地在笑，而「靦腆」這回事，如果男人藏有心機，其實也可以是一種武器，也可以是一種陷阱。但李安最讓人傾倒的魅力是他特別「東方」，有著東方男人特有的深邃和含蓄，這一點其實從他給兩個兒子取的名字看得出來：李涵，李淳；都不張揚，都不喧譁，延續了他父親李昇的腳踏實地，也映照出他整個人誠誠懇懇的精緻和悠遠。

王家衛

Wong Kar-Wai

如果有多一張船票

電影最後一句對白，是咪咪露露從香港飛到菲律賓，婀娜著曲線曼妙的身軀，順手將吊帶裙掛到衣架上，然後坐到床沿，半嗲著聲音向客棧的門房打探，「我聽說香港來的人都住在這裡，所以我想跟你打聽一個人」——隨即音樂響起，前半截的故事明明還沒有結束，後半段的主角已經銼好指甲，嘴裡叼著一根煙，在神祕而局促的閣樓裡半矮著身體套上西裝外套，仔細數了數鈔票，然後順手抓起梳子，對著鏡子梳頭，那一連串的動作，像粼粼的河水一樣流過，明淨俐落，一氣呵成，頓時驚醒了我們心裡的「阿飛」，紛紛拍打著翅膀，準備簌簌地起飛——雖然大家心裡有數，我們其實誰都不夠阿飛，我們尋求的是一處安樂落腳的地方，而不是尋求一直不停地不停地孤獨地飛。

後來吧，有人問起王家衛，關於他的阿飛情意結，他吐了一口煙，墨鏡背後依然是我們看不見的黑，要求訪問他的人把問題再問一遍，然後沉默良久，才緩緩地說，《阿飛正傳》是他最「personal」的一部戲，幾乎整個人陷了進去，瘋了一般，成與敗都太難說，但他手頭上有這麼一大票當時得令的明星壓在他身上，肯定有得博——我其實挺驚訝原來王家衛身上有著烈火熊熊的賭徒性格，而且眞箇要賭，他不會賭馬或賭六合彩，他要坐下來赤手空拳地賭廿一點，他要那種把牌抓在自己手裡的刺激感，所以後來才會有《2046》裡穿著黑色旗袍在澳門賭場出沒的職業賭徒聳俐，賭得把自己都給輸了出去，而《阿飛正傳》，很明顯是王家衛賭得最兇的一次。他特別記得拉隊到菲律賓拍外景那一趟，時間已經緊緊地掐在脖子上了，一去到現場，才發現那地方跟照片看到的完全是兩碼子事，根本不是他設想中的樣子，而劉德華最多只能停留一天，隔天就要飛回香港趕另一組戲，他慌得墨鏡後的眼睛都漲得通紅了，不斷告訴自己，無論如何一定得拍下去，無論如何一定得拍得好好的，不能讓整部電影栽倒在這一場戲裡，可又一直說服不了自己把攝影機roll下去，一直到晚上，菲律賓那一組crew等得不耐煩了，索性打開桌子圍坐在一起開飯，突然間杜可風的燈光打下去，一個卅年代的菲律賓風情卽刻「啪」的一聲爆射開來，一個他自己創造的世界就活生生地出現在眼前，他整個人卽刻歇斯底里地跳起來，沖著叫著指揮著演員和場記，也歇斯底里地拍得痛快而淋漓，他到底沒有讓自己失望，到底完完整整地讓戲裡因爲頹廢而神采飛揚的阿飛更加阿飛。

可後來，《阿飛正傳》終究拍不成上下集。沖印房裡還有好多好多在菲律賓拍好的片段，沒有灰飛，也沒有煙滅，都被保存得好好的，那些我們看見和我們看不見的壓在倉底聲沉影寂的畫面，王家衛縱然萬般不捨，結果也只能整整齊齊拷貝了一份埋進心

裡，就好像一生之中，其實誰都逃不過類似的戲碼：都有得不到的人，都有搆不著的夢想，雖然遺憾，但至少那遺憾是橫在心裡頭的一磚心事，足夠讓我們往後餘生，用自己的方式去牽掛去惦念。正如王家衛說的，總有些事情，因爲擱得久了，時間一拉長，將來往回看，就會自動添了些顏色，變得比實在的更浪漫一點，也更美好一些。電影其實也是。所以王家衛才會耿耿於懷，老覺得他第一部當導演的《旺角卡門》拍得太豔麗太光鮮了，如果有機會重拍，他一定會把整部片拍得殘舊一點，拍得更俗爛一些，眞正的美，是要有一定的時間感，以及一定的「把剎那定格成永恆」的遙遠度，王家衛太懂得用視覺語言去說一段原本說不通的故事。

我倒是記得特別深刻，一九九〇年《阿飛正傳》在香港大專會堂首映，電影開映在即，監製鄧光榮在台上致詞時半開了個玩笑，現在只有七本底片在手，第八和第九本底片還在沖印當中，待會兒要是電影中斷，恐怕就要請戲裡的主角們上台表演娛賓了，而那個時候，其實王家衛眞的把自己反鎖在剪接室裡，一格一格剪接奄奄一息的張國榮在火車滑過濕冷的菲律賓樹林時最後的一段對白，「一輩子不會很長，很快就會走到盡頭」，王家衛說過，他一定要把戲裡面的演員剪得更活一點，演員不夠活，就怎麼都溜不進觀衆的心裡，讓觀衆跟著他和他的戲，歸去來兮，垂垂老去。

偶爾我忍不住在想，躲在墨鏡背後的王家衛，根本就是《東邪西毒》裡的慕容燕，在撕裂自己的同時，也俯下身來，一片一片將另外一個爲不存在的承諾和被背叛的愛情而時空顚倒、精神錯亂的慕容嫣拚湊起來，雙身一體。愛情是蠱。緣分是咒。不是你願意你肯你就有資格成爲愛情的犧牲者。坐在冰冷的戲院裡看王家衛，最令我遲遲不肯站起身來離開的是，《墮落天使》裡頭的莫文蔚在地鐵通道上和李嘉欣擦肩，卽刻神經質地轉過頭來，因爲李嘉欣在她身上聞到了黎明出門殺人之前噴的古龍水，給她橫過去一記憐憫的目光；以及莫文蔚突然從樓梯上衝下來，抓起黎明的手臂隔著外套狠狠地一口咬下去，然後又吃吃地笑著往回跑，尖叫著對黎明說：「我就是要你記得我。」於是我想起了玫瑰與手槍，想起了承諾與地雷，想起了身體與身體互相噬咬的慾與愛——你可以沒有要過我，但至少我咬過你。我喜歡王家衛，是因爲他懂得在杜可風搖搖晃晃的鏡頭底下爲愛情放血，血放乾淨了，青春也就走遠了，而我們都已經不懂得舉起槍朝自己轟地一聲去表達如何去愛一個人了。

這也是爲什麼，我常常覺得，一個讓自己的眼睛長時期躲在墨鏡背後的男人絕對是危險的，但王家衛，他有時候卻出奇的溫柔，他可以坐下來，娓娓地將他拍好的故事說上一遍又一遍，簡直把故事說得好像睡了整個星期早該送洗的床單那般的服貼而溫柔。幾乎每一場戲，每一句演員和演員之間互相傳遞的對白他都記得，把別人的故事重複說成了他自己的故事，這也是爲什麼梁朝偉老是說：「王家衛眞的很會說故事，他會把故事說得如果你不拍你會遺憾一輩子。」但鏡頭一轉，在拍攝期間的王家衛卻完全不是那麼一回事，底片是他的草稿，演員也只是他面對觀衆的媒介，演員從來拿不到劇本也從來不知道角色到最後是怎麼一回事。林青霞說，《重慶森林》拍完了，她才恍然大悟，她演的原來是一個殺手，而不是事先說好的一個過氣的和黑幫有點過節的女明星。還有《2046》裡秀色可餐的木村拓哉，王家衛把他牽到鏡頭面前，對他說，你在等一個人，木村很自然地就問，等誰？王家衛皺起眉頭不耐煩地說，不知道，沒有誰，你就只是在等一個人，結果三番幾次，弄得這位集三千寵愛於一身的東洋天之驕子幾乎在鏡頭面前崩潰下來。就連和王家衛最有默契的梁朝偉也對張曼玉說，別理他，我們慢慢拍，慢慢把戲裡的角色性格給立體地建立起來就對了，反正那些拍了的也很可能被剪得一刀不剩。

但李安曾經公開稱讚過王家衛，說他是個值得被妒忌的導演，他拍攝的手法愈是支離破碎，他敍事的技巧愈是天馬行空，他的那部電影就愈是有本事把觀眾都給帶著跟他一起走。而他的電影，幾乎每一部都是文青們的半自傳，不同的人在看，都有不同的代入感，都可以融入不同的角色，到最後每個人手裡都有一張多出來的船票，每個人心裡都有一個想問他會不會跟你一起走的人——尤其在年紀特別輕的時候，在愛情面前，你如果不是別人的蘇麗珍，就一定是另外一個人的咪咪露露，並且很多時候，我們都沒有辦法忘記，那個我們多麼希望可以和他「不如重頭來過」的何寶榮，因爲眞正錐心的愛，總是在最苦的時候最甘甜。而我們誰都必須承認，王家衛最讓人揪心的，是他將電影裡大量的對白轉換成獨白，用封閉式的自言自語，表現出角色的自我耽溺，並且總會出其不意地讓我們在他的電影裡，和久別重逢的自己相遇。

當然我們知道，王家衛不是陳凱歌，他沒有所謂的國際大導演包袱，就好比坎城影展上遇到電影媒體發問，導演你最近在忙些什麼或導演你有什麼是正在進行著的，陳凱歌一定會一臉嚴肅地壓低聲線說，正在籌備一部題材壯烈的電影，但王家衛只會笑笑拍拍記者們的肩膀走開去。他不是習慣了不動聲色，他只是習慣了不動聲色地掀起驚濤拍岸。就連性子剛烈如鞏俐，暗地裡其實也對王家衛折服，因爲她知道，她可以一次又一次地在張藝謀的電影裡將演員的天分發揮得淋漓盡致，但她只有在王家衛的電影裡才會像眞正的明星那樣光芒四射——王家衛說過，他不是侯孝賢，侯孝賢的電影可以完全不用明星而同樣打動人心，但他不行，他習慣把大家都熟悉的大明星全抓進他的戲裡來，然後在片場大聲對劉德華嚷嚷，你可不可以不要老像劉德華那樣走路？他習慣了用他自己的直覺，丟掉大明星們平時在螢幕上賣弄的所謂個人特色。我記得鄭裕玲好像說過，王家衛是絕對不會找上她的，一是因爲她的演員特質掩蓋了她的明星氣質；二是她不夠漂亮，王家衛要的卡司，要有那種一站到鏡頭面前，就連金馬獎最佳美術指導張叔平設計的場景也要被壓下去的豔光和俊色。最重要的一點，王家衛不喜歡他的演員太會「演」，他要把演員們折磨得幾近心力交瘁，意志上已經半癱瘓半放棄了，他才會站起來按了按攝影師的肩膀說，暫時就拍到這裡吧，然後夾著他的墨鏡，穿著他十年如一日的牛仔褲與白襯衫，緩緩朝燈光漸漸熄滅下來的出口走出去，其實一直沒有人告訴他，他的白襯衫靠近腋下的部分，已經破了好大好大一個洞。

林青霞

Brigitte Lin

霞光溢彩，美麗就是一種演技

青霞眞嗲。她的嗲，總是柔中帶媚，總是以退爲進，連在演員面前出了名「黑面判官」的王家衛也舉起手投降。而她最後一部電影恰巧是王家衛導演的《重慶森林》，王家衛要她架起墨鏡，穿上風衣，然後戴頂金黃色的假髮，不停地穿著Manolo Blahnik的紅色高跟鞋在街道上奔跑，背後則響起一長串印度風濃烈的雷鬼音樂，跑了幾天，腳底全起了泡，於是她嘟起嘴向導演撒嬌，「可不可以穿著球鞋跑，反正鏡頭也帶不到」，王家衛一時心軟，答應了，結果鏡頭一出來，張叔平第一個皺起眉頭，把青霞叫過來，給她看倒帶，冷著臉說：「妳自己看，穿球鞋跑和穿高跟鞋跑，感覺怎麼會一樣？」於是青霞不發一言，自動把球鞋脫下，換上高跟鞋繼續在一大群渾身煙味、咖喱味和羊膻體味的印巴男人面前拔槍、抽煙、奔跑——那些王家衛找來的印巴臨時演員又怎麼會知道，這個在他們面前美豔得讓人不敢逼視的女子，其實正在爲她拍了百餘部電影之後，最後一次在銀幕上展現的巨星風範，圈上一個最專業的句號？

而娛樂圈子裡，青霞眞正掏心深交的不多，張叔平是其一，青霞對他，除了知心，更多的是信任，比如張叔平知道青霞的衣著品味一向起伏不定，時好時壞，常常有太多的玉女包袱，也常常有太多的猶豫不決，他第一次和青霞合作，是在美國拍譚家明導演的《愛殺》，見了青霞，驚豔多少是被驚豔了，但也沒有特別的奉承，一開口就是要青霞把長髮剪短，齊肩就好，然後遞給青霞一支血紅色的口紅，擱下一句，「戲裡不准戴胸罩。」青霞聽了，先是一愣，卻一點也沒有抗拒，倒覺得又刺激又好玩，她只是好奇，「這樣子的林青霞，會不會把觀眾嚇壞了？」結果一部《愛殺》，顛覆了大家對林青霞的既定印象，原來林青霞的純情是騙人的，她其實有一張可以很張狂也可以很冶豔的臉，邪氣得很，是張叔平讓林青霞攀上了美麗的險峰，也是張叔平把林青霞從瓊瑤的「三廳式」愛情故事裡拯救出來，將林青霞從一朵孤芳自賞的百合打造成一朵盛氣凌人的玫瑰，也讓林青霞的美麗，在一定的意義上，修訂了大家普遍上對美麗的通用詞彙——出神入化，濃淡皆宜。即便是後來吧，青霞已經六十歲了，偶爾在公開場合亮相，那煙花般的豔燦還在，一眼望去，婉約中不失剛愎，謙順裡不減風華，已經把美麗活成她的本命，眼裡泛起一片又一片的湖光山色，無處不是昔日讓人神魂顛倒的傾城風景。我尤其念念不忘的是，《愛殺》有一幕是林青霞穿著血紅色的連身薄裙走過街頭一大幅靛藍色的牆壁，忽然張叔平要她在牆壁面前頓了一頓，在風揚起裙角和髮絲的當兒，輕輕地轉過頭來——而那畫面的顏色衝擊，宛如雷電交加，分明是張叔平有意為林青霞留下的一幅經典景象，勢必要讓大家目瞪口呆地記住她的美麗，猶如大唐盛世最豔麗的一抹胭脂，隨後香港的《號外》雜誌一見，當下把這張劇照直接拿來當作封面，向林青霞比夕陽還絢爛，並且漫天都是彩霞的美麗致敬。

雖然我還是必須坦白，在寫林青霞之前，我其實更想寫的是張艾嘉——乍聽之下，這似乎有欠禮數，可我雖也被青霞的美貌震撼，她在《窗外》的驚鴻一瞥，幾乎一出道就攀巔峰，正如亦舒在香港的半島酒店見了周天娜之後，驚豔得下巴幾乎掉下來，然後按著心口呼一口氣，「還好我們有林青霞」。但我也喜歡常被拿來和林青霞比較的張艾嘉，張艾嘉的「活」，讓她整個人生的起承轉合，有如一道從瀑布奔瀉而下、另闢支線的溪流，驚險而澎湃，強悍而激烈，隨後漸漸潛入深沉的潺流，一直一直，到現在都還在細細的流；因此一對照之下，林青霞的「靈」，則「靈」在她是少見的人間絕色，那是一種既定的條件，也是一種命定的收成，她甚至只需要微微昂起丘陵般倨傲的下巴，連一句對白也不說，整個時代就因此風起雲湧，把她不費吹毫之力、始終不敗的美麗，記入港台電影的史記——的確，林青霞在鏡頭前面隨意晃動的靈氣，或笑或顰，或盛放或憔悴，本身就是一種演技，就是一項成就，就是一座不需要評審加持也可以不勞而獲的獎項。而青霞這一生唯一的不完美，我老覺得，興許就是不完美在她的一切都太順遂：從美麗、到名成、到利就，甚至到婚姻，都太水到渠成，也都太順理成章，少了迂迴與轉折。就好像有人在董橋面前提起青霞寫的文章，文思流暢是流暢了，文筆亮堂也夠亮堂了，偏偏就是少了三分滄桑和七分人世的磨練，董橋聽了，隨後在自家專欄上做出反應，如果文章非要經過命運鞭笞才可流芳百世，那他寧勸林青霞把筆掛起來不要再寫文章——更何況，不是每個人都是林青霞，而林青霞本身一直都是一本攤開來的傳記，她的過去和她的過不去，大家多少都心裡有數，疼她的人其實也知道，有些「滾滾紅塵」的舊事和戀戀不忘的「夢中人」，別人可以寫，她不可以寫，因爲她是林青霞，「林青霞」三個字，永遠都是一個包袱，是於我們都應當體恤，她的華麗多少有點滄桑，她的清貴難免帶點頹廢。而林青霞自己也知道，她初登銀幕走紅之後，基本上，她的私生活就不會再有拉上簾幕的時候，所以她的美麗，偶爾會流露出一種身不由己的委屈，而只有眞正被美麗困擾過的人才知道，美麗其實是一種負擔，只是這麼樣風光旖旎的負擔，我們俗人都沒有辦法理解，也都沒有辦法揣測，只有青霞自己明白箇中的千滋百味，是如何的點點滴滴在心頭。

但是在排場上，林青霞到底是巨星，是整個七〇到九〇年代的港台第一美人，她偶爾脾性驕縱，其實也是絕對的情有可原，比如林青霞每次坐進化妝室試造型，沒有人知道她當天的心情如何，大家都戰戰兢兢，都步步爲營，有一次她爲《東邪西毒》定妝，因爲演員太多現場太嘈，製片擔心林青霞會不會臉色一沉，可當天林青霞心情出奇的好，笑容滿面地坐下來梳頭，因爲她那天出門出得早，先到商場轉了一圈，看中一件心頭好，二話不說就買下來給自己當禮物，大家都好奇是什麼，她笑臉盈盈地從手袋裡拎出來戴到耳上，原來是價值近半百萬的 Buccellati 耳環，把當時的張曼玉給完全

唬住了。而且當天試造型，張曼玉拿著張叔平派給她的披披搭搭的戲服，忍不住嚷嚷，「穿這樣的衣服，我怕我根本連動都動不了」，隨卽又側起頭自言自語，那青霞呢？青霞穿什麼？單是這就看得出來，林青霞的高不可攀的地位，一直都是衆女明星們嚮往的境界，尤其是張曼玉，她第一次和林青霞合作，拍的正是成龍的《警察故事》，很多動作場面都親身上陣，結果就眞的不小心撞傷了頭，當時林青霞還特別向劇組請假去探望，並且還訓了張曼玉一頓，怎麼可以這麼逞強，怎麼這麼不愛惜自己？張曼玉聽了，淒然一笑，「青霞，我不是妳，沒有妳的美麗，而且我是新人，所以一定要特別拚搏才行。」可見女明星們的終極夢想，要不就找個豪門嫁進去，要不就打醒精神，成爲第二個林青霞。

我尤其記得張艾嘉談起同期的女明星，她不止一次感嘆自己的姿色淺淡，常常在片場看上去，老像個幕後工作人員多過像一個女明星，她甚至都在說：「我每次見到林青霞都很興奮，一直對身邊的人說，快來看快來看，林青霞耶，大明星耶。」而落在小時候見過林黛的張艾嘉眼裡，一定要豔光四射兼風華絕代如林青霞，才有這個架勢，才擔當得起「明星」這個稱號，而我一直覺得，林青霞的氣派和豔光，到今天依然沒有辦法不被驚歎，也依然沒有辦法被誰取代——即便是後來，台灣出了個林志玲，大陸也有個范冰冰，但她們的美跟林青霞的美，在氣魄上顯然還是有很大一段距離，林青霞的美，記錄的是一整個時代，鋒芒逼人，絕對可以讓每一個見過她的人，暫時把所有的「客觀性」和「兼容性」完全置之不理，並且把「林青霞」三個字，從名詞提升爲形容詞，自創一種全新的審美語言：純情有時，冷豔有時；英氣有時，柔婉有時，爲所謂「不可一世」的美麗，做出最鋒利的示範，完成最華麗的傳奇。

因此誰敢說不是呢？如果整個七、八〇年代狠狠颳起的「台灣文藝片」風潮，沒有林青霞，沒有林青霞的純情和林青霞的靈氣，一定會顯得更加的孱弱，更加的蒼白。那時候的林青霞，才二十出頭，那麼瘦的胳膊，那麼濃的眉毛，那麼精緻的、隨時可以讓男主角用手指兜起來的下巴——我常覺得，林青霞的下巴眞像一間屋子的玄關，而一間屋子最有靈氣的地方，除了露台，就是玄關，暗暗藏著她心底幽幽的轉折，神祕而迂迴，是上帝特別送給她的一記神來之筆，精妙地雕刻出她的獨特和傳奇。可見上天對林青霞，也未免太過體貼，太過周到，把一個美人所應該有的，都一併推給了她。青霞之美，曾經是台灣對外最生動的標語，甚至也是台灣一張可以到處給外國朋友寄出去的體面的明信片，是台灣最美麗也最明媚的一幅風景，她的氣質和美貌，滿滿都映照著那個時代羞澀的摩登，忠厚的文化，以及淳樸的人情。而我認識的台灣女人，很多都出色，都溫潤，終究是有著不一樣的文藝底蘊，她們說起話或敍起事來，遣詞用字，流暢而和暖，簡直就是一則又一則不需要潤筆就婉約優美的散文。而這麼些年，青霞的美麗，自顧自的伸展開去，就像小說裡的人物，開始有了自己的生命，開始喧賓奪主，開始主導她的人生走向，美得波瀾壯闊，美得霞光溢彩，美得每一個步伐和每一個句子都是密密麻麻的驚嘆號——還好我們有林青霞，還好，林青霞始終沒有辜負她得天獨厚的美麗。

羅大佑

Lo Ta-Yu

觀音山下散步的音樂教父

演唱會才剛開始，寫劇本的香港網友傳來的一小則簡訊，卻嫻熟得像隻鴿子，徑自飛進會場，悠悠然停落在我不斷伸向半空搖擺的手機上，並且還清脆地啁啾了那麼一聲——而當時羅大佑近在咫尺，我甚至不需要仰起頭，就能看見他意外地娟秀和白皙的手指，正痛快淋漓地在吉他上來回撥動，那麼專注地吶喊著他曾經搖滾過整個八〇年代的「之乎者也」。

網友要求說，方便的話，就把台上的羅大佑傳過去給她看看吧，因爲羅大佑是少數華人歌手裡頭她捨不得去現場的那一位了，我於是隨手給她錄了一小段羅大佑被舞台上的燈光來回鞭笞，同時台上唱的和台下聽的，似乎都狠狠地被刺破了回憶的羊水的視頻。而網友是個耳目特別清明的女子，看了之後很滿意地擱下一句，「很好，還是有著青衫落拓。」

說得多好啊，「青衫落拓」，可見羅大佑並沒有讓他曾經山洪般爆發的搖滾氣魄，淪落成後來必須讓人忍不住別過頭去的流氓氣息——情歌耐老，但搖滾總會過時，當年扛著一大籮筐淳樸的理想離家出走的年輕人，走著走著，很可能一不小心就把自己走失成一個被時間草草打發掉的油腔滑調的中年人，然後夢想燒焦了，然後勇氣耗盡了，最終就像一輛落了單在沙漠上拋錨的卡車，不斷地噴著黑煙喘著氣。

於是我忽然電光石火地想起許知遠曾經形容過，成長於七〇和八〇年代的台灣青年，絕對是意識最清醒的一代人，他們一心要探究自己命運的由來，也一心想揭開台灣的過去和將來，而那個時候的台灣青年，很明顯的羅大佑也包括在內，他們幾乎都被一種摸不清的使命感壓迫著，並且在感受壓迫的同時，也被莫名地激勵著，時時刻刻，爲了自由地表達自己而興奮地奮鬥，覺得未來還有太多太多可以被圓滿的可能排著隊等著到來——

然後我坐了下來，後面跟著一組的攝錄團隊，我面對面見到了羅大佑。實際上我們不也就只有一個羅大佑嗎？他說話的神氣，他用字的誠懇，他停頓的善意，都在在讓我感覺到他在理想和抱負的野地上遊牧了好長好長一段時日之後，所收割回來的，其實已經不再是對身分認同的糾纏不清，而是終於將自己和尋常又親善的生活軌道給銜接上來，並且卸下使命感特重的擔子之後的清爽舒心。於是霎時之間，我難免五味雜陳起來——昔日在風中哭泣的那個亞細亞的孤兒，他所有的自我壓迫原來已全然消散，刻下正氣色清潤地在我面前侃侃談起他如何給自己下半場的人生繪了好幾張草圖，而其中野心最大的那一幅是，羅大佑以一根試管培育出了一個新生命，他那六歲半的女兒，正好用來補償他過往過分強烈的自我消耗，然後再利用「家」的必然歸屬性，蠻橫地將他心裡的那一匹野馬按捺下來。

搖滾是癖，戒不掉的癖。所以羅大佑說，他依然生機勃勃地推動著台灣音樂的傳承和流通，依然熱血滿滿地希望可以在台灣華山文創園區的 Legacy Taipei，幫一把那些立志在海嘯般險峻並且隨時可以覆沒又隨時可以創建的網絡平台上，等待被發掘和期待成爲下一個羅大

佑的年輕音樂人，跟著他的步伐，藉歌還魂，延續他一直都沒有放棄在音樂的流行性當中輻射時代性的個人使命。

可羅大佑畢竟六十出了。六十好幾的男人，普遍上，要不是被歲月馴服了，就是被天命收買了。而穿上New Balance球鞋和丹寧襯衫的羅大佑，無論是體力和魄力，雖然一直都很努力地不露出半點破綻，成功把狀態穩定在四十上下的巔峰，可是和他坐下來做訪問，在句子的架構和思想的邏輯上，我很快就發現：羅大佑溫柔了，羅大佑寬容了，羅大佑慈祥了——而這其實在某種程度上是足於將我整個人粉碎的。他通過音樂發出的批判性的嘶吼蒸發了，還有他身上流竄的搖滾熱血已經不再那麼滾燙了，看上去就像前一夜泡好的馬齒莧，溫溫的，可以一口灌下，「調氣寧神平肝火」。

並且訪問一開始，羅大佑就提到了觀音山，說他在外面漂泊了很長的一段時間，決定從北京回到台灣之後，他寫了一首歌，就叫做〈致觀音山〉，而觀音山靠近淡水河，不特別高，丘陵一樣的山，很靠近他小時候住的家，那時候每天早上打開門，從家裡望出去，就可以見到觀音山。然後幾近六十年的時間泓泓汩汩地流過去，羅大佑回到了台灣，但落腳的不是鹿港，也不是媽祖廟後面的小雜貨店，而是遙遙面對著觀音山，雖然現在觀音山的景致已經被發展快速的建築物和高樓大廈給遮蓋了，「可那座山其實還是和六十年前一樣，這個世界上，只有大自然是不會輕易被改變的」，完完整整遞給了羅大佑一種人和大自然在一起，以及人和土地最終還是會連接在一起的美好感悟，並且讓羅大佑領會到，人生啊，再怎麼逃都還是逃不過圖一個圓，至於「家」，則是流離顛簸之後，最穩固的一座混凝土結構的防空洞——而那當兒，幾乎是立刻，我就把專訪稿子的題在腦子裡標出來了：「觀音山下散步的音樂教父」。奇怪的是，訪問羅大佑的時候，在他提到觀音山之前，我已經片斷式地，不斷在腦海反覆切入電影《觀音山》臨結束的那一幕，張艾嘉頭也不回，毫無預警地將自己隱入觀音山裡，因爲電影裡她生命中的信仰崩塌了，在決定重建之前，她必須以一個喪子的中年女人的身世，神經質地自省如何去重新掌握體驗情感的基礎。

至於羅大佑，我同時被觸動的，其實還有他爲《家III》拍攝的專輯封面，照片裡頭的他，領著女兒走在前頭，妻子殿後走在後面，一起在宜蘭特別溫煦的陽光底下，到一個看得見稻田的小小鄉鎮散步，雖然照片裡的人物並沒有太多矯情的對望，甚至照片上的鄉土色澤也感應不到攝影師在拍攝概念上企圖威脅大家對時光之類的命題作深一層思考的動機，可不知道為什麼，我緊緊盯著那組照片，那些七零八落的感觸，不但沒有辦法馬上被封固，反而倒瀉得滿地都是——可能是我心底下老覺得羅大佑這一趟遠道而來，基本上是特地為我們主持一場正式和青春告別的儀式，而因為羅大佑，我在演唱會場上見到了多難得才碰上一次面的老同學，以及許許多多曾經在不同的地方和我一起在羅大佑嘶吼和吶喊的歌聲裡燙傷我們自己青春的友伴。我特別想說的是，整場演唱會上，我表現得異常雀躍，但心底比誰都明白，歲月穿過了彼此的黑髮，浪影淹沒掉喧鬧的紅塵，雖然那些久違的眉眼，依舊親善若水，但我們無非想趁這一個夜晚，一首一首向羅大佑要回來的，其實是那些我們原本以為一哄而散，但終究陰魂不散的青春。

我比較關心的是，羅大佑是個通靈的音樂人，可以一眼看透我們這一代人曲折迂迴的命盤，而相隔這麼許多年，我一度擔心《昨日遺書》不會再有續篇，羅大佑會漸漸丟失或廢棄他用文字述說的技能，但他一邊用手在半空中比劃流暢書寫的動作，一邊回應說：「我是一個喜歡寫字的人，現在年輕人的字都是靠『打』的，但我喜歡『寫』，我們老祖宗發明文字就是要我們用手把這個動作一直延續下去啊。」至於《昨日遺書》的續篇，大概已經書寫了百分之二十左右吧，現在他最大的困難是給書找一個大主題，並且書名必須得先跳出來，那麼才可以流暢地一路奔跑下去——當然，新書出來的時候，羅大佑和我們的昨日都已經成爲過去，而「遺書」到最終，很可能已經變成了新生的宣言。而這其實不是壞事。往深一層想，人生的過程不就像一條往前翻騰的大江嗎，一旦水位升高，江面就會變寬，而奔流的速度自然就會緩慢下來，但那些曾經黏附在我們身上的黏答答的際遇上的泥漿和砂土，同時也將慢慢沉浸到江底。時光會老，老了的時光除了會自作主張地磨平我們的稜角，也會熱心地替我們清洗掉年少時在泥漿上打滾所沾染的汙垢，就好像羅大佑其實一早就洞悉，愛情這東西他明白，但永遠卻什麼都不是，什麼都不是。

朴樹

Pu Shu

那就種棵生如夏花的朴樹吧

朴樹一稍微緊張起來，說話就有點小結巴，老是卡在某個關鍵詞裡，必須在口腔裡把那個字兒重複發動好幾次，最終才可以把句子通順地犁過去。而朴樹不是個能言善道的人這點我知道，我不知道的是，當看著他那麼努力地在鏡頭前面表達他自己，那麼努力地上電視綜藝節目賺錢拍MV，那麼努力地讓自己被周圍的人「看見」而不是「發現」，竟會讓我禁不住別過頭去，嘆了一口氣，有點心疼我們現在這麼一個動不動就發動網絡上的千軍萬馬將看不過眼的誰誰誰踐踏過去的世界，無非讓這個孱弱的、連憂鬱也憂鬱得文質彬彬的男人受了委屈。

可見我是偏愛朴樹的。那種愛，遠遠在汪峰的重金屬吶喊之前，也略略在李健的儒雅詩情之上——尤其是，我有一雙農民的耳朵，朴樹的歌不迂迴不曲折，單就歌詞來說，是一種溫和的敍述的革命，是極少數可以用一首歌詞漫漶開來的意象，狠狠地朝我迎面痛擊，讓我聽了之後，先是愣了一愣，然後那種被人一眼拆穿的不安和慌張立刻冒了上來，以致必須在人來人往的北京機場昂起頭加快腳步，像一隻不小心掉出魚缸的金魚，一路不斷地鼓起腮一張一合地呼氣，以免失控的眼淚滾落滿地。

我喜歡朴樹的歌，是因爲他歌詞裡連悲傷，也悲傷得窗明几淨，每一次聽到他寫的

〈生如夏花〉，即便搖滾急躁如《中國好聲音》的畢夏，到滄桑無奈如「芳華」不再的程小剛，我終究覺得都是好的，因爲朴樹的歌裡頭最容易一針刺中人心的，是歌詞背後的情緒，交給誰來唱，差別其實都不大，雖然我最眷念的，還是朴樹歌聲裡戰戰兢兢的滄桑和脆弱，讓人很想靠過去，把他的頭按在自己的肩膀上——我記得我甚至可以著了魔一般，腦海裡晃著他唱的「此生多寒涼，此身越重洋」，從吉隆坡一路飛到蘇黎世，再從蘇黎世一起過境到法國。朴樹的歌，你要是跟他同樣有那麼一點點不想對誰說的過去，自然就會聽得明白，裡頭其實有著他努力克制的憂傷，以及憂傷背後怎麼都不肯讓別人鑽進來幫上一把的牛一般的固執與倔強。

這是眞的，朴樹個性上本來就是個不喜歡叨擾別人的人，因此就連他年輕時的憂傷，也是彬彬有禮的憂傷；就連他音樂道路上的失落，也是落落大方的失落——生在由高級知識分子組成的家庭裡，因爲父母兩個都是頗有點分量的北京大學的講師，爸爸學的是空間物理，常在小時候告訴朴樹和他哥哥，自然科學有多麼偉大，也對他們哥兒倆的將來寄予莫大的期望，結果哥哥率先讓父母失望了，緊接著朴樹因爲特別愛音樂和創作，又把原本考上北京師範大學英語系的似錦前程給覆手典當了，不念英國文學，也不子承父業當個工程師什麼的，所以他搞音樂的過程，顯然比別人多了一份「一定不能丟父母親面子」的壓力，即便他憂鬱症發作的那幾年，他從來都不讓父母知道他幾乎想把自己都放棄的痛苦是怎麼個扛過來的，他總是硬撐著當自己還是人模人樣的時候趕快回家給父母親看看去。

但再怎麼說，連朴樹自己也承認，他這個人特別走運。最初的時候，他經朋友介紹，把寫好的歌曲賣給高曉松，然後高曉松一聽，就當機立斷要求見面，並堅決要把他

介紹給唱片公司，甚至主張第一張專輯非要把張亞東找來給他搞製作不可。所以朴樹從出道到出名，根本沒有不順遂這回事，他雖然只出過三張專輯，但全中國沒聽過他的歌的人是很少的，而且身邊的人都特別疼他，愛聽他唱歌的粉絲們更都是奮不顧身地護著他，只要他肯專心地坐下來寫歌就是了——甚至他後來生病了躲起來，患上憂鬱症，銷聲匿跡了好些年。大家雖然都好奇都憂心他到底到哪兒去了，但都盡量不過分聲張，以免嚇著了他和他的音樂，然後他從此都不回來了，因此都答應讓他安安靜靜地養病，也都答應讓他悄悄地扭開音樂的後門溜出去，只要他肯回來，那些漫長的等待也都不算是個事兒，因爲喜歡朴樹的人，文氣比較重，也比較懂得尊重，知道該怎麼樣讓出空間和距離給自己喜歡的人。

後來朴樹回來了。回來之後的朴樹，我發覺他手腕上一直戴著個運動護腕，有時候是紅色，有時候是藍色，但更多時候是白色，起初我以爲是整體造型的一環，因爲錄影師難免會趁朴樹抱著吉他演唱的當兒把鏡頭推前去，給他來回彈撥吉他的手勢一個特寫，但我留意到那護腕出現在鏡頭前面的次數愈來愈多，連他沒事兒和樂隊團員拚啤酒瞎打屁的時候也不斷的出現，我開始很難忍得住不懷疑，那護腕下面，會不會是藏著朴樹那一陣子走不出來的時候，曾經在手腕上企圖毀滅和傷害自己的證據，還是眞的只是不想他的手腕在彈撥吉他的時候受傷而已——我純粹是反射性的猜測，而我更加希望我的猜測是過慮的、多餘的、不必要的。但連陳魯豫也直接問過他：「在你最難熬的日子，你有沒有想過放棄生命？」朴樹看著陳魯豫，一邊摳著手指，一邊誠實地回答，「有」，而且不止一次。因此到現在，常常，我看得出來朴樹連在鏡頭前面接受訪問的時候，他的心還是很擁擠的，有太多太多的事和太多太多人，還有太多太多的音樂和太多太多的旋律都堵到了一塊兒，沒有辦法即時疏通開來。但朴樹基本上不是太複雜的一個人，你只要讓他把他要做的音樂做對了，他就會像孩子似的，歡天喜地的去鬧去玩去了。是，朴樹養了一隻他特別疼愛的老狗叫「象」的，他大部分的音樂背後的溫柔都給了這一隻年齡相等於人類七十多歲的「象」，如果音樂是大象，至少朴樹的大象還可以悠然地在森林裡散步，並沒有絕望地在冷漠的人潮裡被逼席地而坐，被逼鎖著鐵鏈子跳舞，這倒還是值得慶幸的。

朴樹

Pu Shu

有時候半夜的天空也會有彩虹

依稀記得初初認識朴樹，有好長的一陣子，每天早上醒來第一個在腦海中滑過的句子，幾乎都是朴樹的歌詞，那感覺就好像一艘蚱蜢也似的小舟，在心頭靜靜地滑過、滑過、滑過——那詞其實也不怎麼叨擾人，只是它滑過的地方，很明顯地展示了海水在心裡搖晃的波紋。而眞正讓我心折的是，朴樹的歌詞有一種接近向上帝告白的虔誠感，不但誠懇，而且素淨，猶如一個策馬奔走江湖的少年，很多年後再回來，風塵僕僕的只是歲月，他臉上的線條依然柔和，眼神還是如鹿一般篤定，沒有猜疑，只有信任。

因此每次看到回來之後的朴樹，勉爲其難地出現在一些素質實在不怎麼樣的電視節目上，並且尷尬地笑著調侃自己，「這是我的工作，而且我總得要吃飯呀」的時候，就特別的覺得朴樹眞的好瘦好瘦，而且他的瘦，很明顯是那種帶點厭世的、不屑紅塵的、動不動就轉過身背對全世界的那一種瘦，瘦得就連兩邊臉頰子都微微凹陷了下去。可這樣子的瘦，就快瘦成了一束光，在電視上出現的時候卻出奇地時尚，完全就是典型的「搖滾瘦」，最適合穿上Hedi Slimane還留在Dior Homme的時候，專門給那些暗黑又纖細的街頭少年們設計的男裝——並且我一直覺得朴樹臉上那掩蓋不住的天生的憂鬱，把他成就爲一個特別容易和時尚打交道的人，只要丟掉那些讓靈氣根本透不過氣來的紳士正裝，把街頭風和頹廢感混搭到朴樹身上，其實他都可以不費吹毫之力地穿出獨門獨戶的造型感。

　　並且我到後來才知道，朴樹的太太吳曉敏雖是一名演員，但現在的身分則是在北京和上海都小有名望的時尚人，以及朴樹的專屬造型師，所以她自然比誰都清楚朴樹適合穿什麼不適合穿什麼，也比誰都拿捏得當應該給朴樹穿什麼不應該給朴樹穿什麼——我特別欣賞她在造型上當機立斷地調低朴樹在舞台上的搖滾味兒，給朴樹戴上各種款式的冷帽，並且把音樂漫遊者的頹廢和逍遙，按照分配好的劑量，以看似漫不經意的手法，精準地注入朴樹的造型裡頭。她也十分警戒地把舞台上的朴樹和汪峰的重金屬搖滾以及李健的紳士派詩人，拉開一定的距離，即便是最隨興的小型音樂會，她還是以她千錘百煉的造型功力，爲身型單薄的朴樹披搭兩件色系相融的圓領衫，然後再以軍綠色的紳士帽，或鮮紅色的冷帽，加強造型上的立體感，讓朴樹在舞台上完完全全自成一格，不俗也不嗆，誰也抄襲不了他獵戶星座的風格。

　　而關於愛情，特別是朴樹的愛情，我很難告訴你我不好奇，我只是偶爾會想，一個像他那麼樣際遇猶如風裡的蘆葦般起伏呼嘯的男人，愛情於他，莫過於浮雲聚散，也莫

過於和一個人趕過了一段路，都只是經歷，都只是一晃而過的美麗，更都只是配合歌詞的場地設定，永遠不知道什麼時候是結局。我只知道，朴樹念大學的時候有個要好的女朋友，他形容那時候的生活是舒心愜意的，以爲將來永遠都不會到來。而後來他踏入演藝圈子，與周迅走到了一塊兒，也同樣有過一段特別快樂的時光，但那樣子的感情在那樣子的一個圈子裡，從發酵到彼此把彼此甩掉，那愛的成分和名分，終究不是像朴樹寫的「白樺林」那樣的鋪天蓋地，那樣的刻骨銘心，頂多只是好像朴樹唱的，一個斷腸人在柳巷拾到的一枝煙花——再燙手的煙花，眨個眼就冷了。

但我一直都相信，時間總有辦法讓一切水落石出，包括分解眞正的愛情裡頭，到底誰還在愛誰多一些。我特別、特別喜歡周迅的「爺們」個性和脾氣，明明她和朴樹都分開了，卻碰巧她結婚那天，碰上朴樹相隔多年重新出發，發了一首單曲，周公子二話不說，把自己的婚事按下，倒先在自己的微信上爲朴樹打起歌來。這樣的愛，就算被拆開了，陽光照射下來，也還是光潔而美好的，大家在情感上也許因爲某些什麼因素而靠不到一塊兒，但彼此都在心裡面給對方騰出一個位置，這感覺特別好，也特別不會讓人們對愛情因此而動不動就「十年怕井繩」。

另外，我很喜歡看朴樹抽煙的樣子，他總是習慣性地用三根手指抓住香煙往嘴巴裡湊，而朴樹的手指長得特別長，纖瘦而敏感，會說話似的，而他每一次接受電視台訪問都毫不忌諱地在鏡頭面前，睜著大大的鹿一樣無辜的眼神，煙不離手。沒想到周迅也一樣，她也特別迷戀朴樹抽煙的樣子，甚至十分坦白地在分了手之後，還掛個電話和前任男友賈宏聲說：「你知道嗎，你不單長得像朴樹，連抽煙的樣子也像。」而賈宏聲之所以和周迅分手，據說是他窩在家裡打開電視，就眞的那麼巧，看見朴樹穿著自己送給周迅的外套，出現在電視台的頒獎典禮，導致他和周迅的感情實在不得不來到務必要了斷的地步。

至於我，我常在想，像我這麼一個不熱衷於追星的人，雖然喜歡朴樹的歌，喜歡他歌詞裡漸漸浮上來的哀樂中年，喜歡他眼神裡鹿一樣的驚慌和純眞，但如果你眞把朴樹帶到我面前，我反而會不太願意。我甚至設想過了，如果眞有機會碰見朴樹，那場景應該是設在他錄音室的後巷，他溜出來想一個人靜靜地抽根煙，一貫的道骨仙風，一貫的眼眶淚水汪汪地欲說還休，而我會站在離他不遠的後方，盡量不驚擾他微微顫抖的手指和他抓在手裡的香煙，動也不動地讓他在十步之遙的前方等他抽完那一根煙，只要他抽過的心事重重的二手煙輕輕地飄移過來，而我依依不捨吸上幾口也就足夠了，你必須相信，我的自制能力特別強，甚至連和朴樹交換一個友善的眼神也是可以被壓抑下來的。我倒是一直沒有忘記，朴樹說過，搖滾巨星很多，但他唱的是民謠搖滾，和重金屬搖滾是不同的，所以我特別覺得他値得不被驚擾的尊重，而且朴樹一直強調，他不怕老，他只是害怕失去勇氣，怕有一天北京郊外的窗外積雪盈尺，而朴樹突然發覺，他和音樂已經沒有了瓜葛，也沒有了任何値得重提的關係，但我卻因爲心裡種了一棵朴樹，卽使歲月漸漸冷清心境漸漸幽窄，但有時，半夜的天空也還是會有彩虹。

基努・李維

Keanu Reeves

給基努的第六封信

麻煩把鏡頭帶過去，再過去，再過去——停。於是我又見到了你。是個夏天呢，基努。你穿著鬆垮垮的外套，腳上草草趿一雙 Converse 布鞋，斜坐在公園入口，沒有墨鏡，沒有壓得低低的鴨舌帽，到最後你還索性把身子往後一倒，躺在了草地上，手裡還抓著個酒瓶子，並且換了個愜意的姿勢，繼續和你剛認識的流浪漢，熱絡地聊起了一些什麼——

而這當然是你，絕對是你，肯定就是你。你還是不愛洗澡，不愛把鬍子刮乾淨，不愛上理髮院，頭髮都已經長到碰到了肩膀，你還是任由它們邋邋遢遢地掛在肩上，油膩得讓我都看不下去了，心裡實在難以理解——聖羅蘭到底爲了什麼鍥而不捨地硬是要把你找來當他們最新一季男裝的代言人？並且那造型，是你執意不讓人對你動手動腳的是吧，到最後竟完全沒有人阻攔，完全放開手，將最眞實的、抓著吉他的、回到了組建地下搖滾樂團 Dogstar 那個時候的你，植入名牌廣告猶如萬馬奔騰的時尚雜誌裡——基努，我很懷疑，你是不是連照片看都不看，一拍完就「禮貌」地把皮革外套脫下，「禮貌地」退回給新任品牌藝術總監 Anthony Vaccarello，「禮貌地」在肢體上表達了你並不打算留下來和大夥應酬客套的意願，然後「禮貌地」拉開攝影棚的門，「禮貌地」逃離拍攝現場，「禮貌地」一閃身就掙脫人群，結果整個人就自在了？

其實這相對來說是艱難的，明星最不應該奢望的，就是自由。因爲新片受落，你又一次攀上全球最高票房巨星，幾乎每一家電影公司都頭破血流地想把你當神一樣給簽下來供奉著，並且大家馬不停蹄地追蹤著你，歌功頌德你如何低調地把數百萬美金捐贈給兒童醫院，如何自動削減片酬以幫補影片的後期製作——但恐怕大家都忽略了，是命運兇狠地對你一連抽上好幾記的耳光，讓你經歷一連串的失去：失去一出世就死亡的孩子、失去患有憂鬱症撞車丟命的女友、失去相濡以沫因酗毒嗑藥而猝死的朋友，甚至到最後終於失去對生命的興致勃勃——才成就了孤絕而悲涼，對眼前的一切視作雲和煙的你。

後來吧，後來你慢慢地就明白下來：無常就是日常，慈悲必須承悲。而生命的迂迴，在於到頭來還是無能無力的時候居多。而我記得你有一次說過，你今年也五十四了，歲月的暮色開始四合，一切已經太遲，一切就快結束，你不打算再生小孩了，也不打算再組家庭了，很多事情在這個年齡如果還沒有發生，大抵也就不會再發生了。聽說你是個佛教徒是吧基努，每個虔誠的佛教徒心裡，其實都頂著一部經，無時無刻不在持

誦，一直等到把經書裡的教義都讀明白了，都給了悟了，都放得下執著了，人也就乾淨了。

「乾淨」這兩個字特別好。最接近「乾淨」這兩個字的，就是「簡單」。而能夠在生活裡把自己活得乾淨而簡單的人，基努，相信我，其實最不簡單。佛教常說，如是因，如是果，所有的聚合離散，都是因果。但誰又有辦法說斷就斷，說捨就捨，說離就離？對於從身邊一個接一個走開的人，我告訴過你，那些被我們扯斷的思念就像念珠，滾得滿地都是，你必須慢慢地俯下身，一顆接一顆地撿拾起來，然後重新把它串成另外一條不過問因果、乾淨且樸實的念珠，從此誰也不再認識誰。你其實也是在一波接一波的打擊之後，漸漸學會了保持緘默，也漸漸學會了和命運保持著一種客氣而空蕩的距離，不再向命運提問黑夜何時將盡。而作爲至少半個地球的人都認識你的明星，恐怕你自己不知道，你老是魂不守舍的空茫的眼神，其實遠比其他明星生活裡塞滿了富麗堂皇的風光場景更容易竄進我們的心裡。這也是爲什麼，每次我坐在漆黑的電影院裡微昂起頭，在色彩瑰麗的銀幕上看你身手伶俐地和敵人廝殺、和陷阱對決、和生死交戰，卻往往看穿的，是你整個人生的空蕩和悲劇性，而這悲劇性的基調，基努，竟在你千瘡百孔的人生建立起一種莊嚴感。

之後還有好幾趟，我偶爾在電視上瞥見你，瞥見你在鏡頭面前虎虎生風地說起你少年時候如何被星探發掘，以及星探們如何千方百計要替你取過另一個名字嫌基努．李維太過土裡土氣；還有你強打起精神出現在美國最火的電視清談節目上侃侃而談，談你的新電影，談你在電影裡頭的角色設計，還談你如何在電影的拍攝過程風風火火地化險為夷——但基努我知道，那個人不是你，不是你，不會是你。你怎麼會那麼聒噪呢？

我記得的你，是你在述說你離世的女友時眼睛裡一掠而過的風沙，是你在回憶起你最親愛的朋友那條落寞的鳳凰河的時候，忍不住把臉埋進手掌，久久，久久不能自已——而你當時提起River Phoenix（＊）時的語調，我到現在還牢牢記得，聽上去就像是在給自己複習一小段少年時候讀過的莎士比亞的十四行詩的第一部，正巧也就是莎士比亞寫給他年輕的貴族朋友的那一部，雖然時過境遷，卻依然抒情而惆悵；而且也像是在為誰朗讀一篇梭羅的《湖濱散記》，因為這是一本安靜的書，一本孤獨的書，一本僅適合一個人在少年時代讀的書。可我卻聽了出來，你眞正想說的其實是你的哀樂中年，你的委屈與悲戚，偏偏大家都看不通透，投現在銀幕上的你往往是無所不能的，但現實生活中的你則常常是消沉的、被動的、怯弱的，到現在還是學不好如何收放自如地掌控自己。

很長一段時間，不知道爲什麼，常常一見到你，就聯想起那條秀麗而落寞的鳳凰河，想起他從背後攔著你的腰，在你們年輕如水仙盛放的歲月裡，一起騎著機車風馳電掣，向兇山惡水的未來吧嗒吧嗒地開過去。他們都說他是你最親密的朋友呢，基努，因爲你們有著太相似的背景，都有著宛如捅破了蜜蜂窩的過去，都支離破碎，都不堪回憶，兩個人碰上了就掏心窩子，把《*My Own Private Idaho*》戲裡頭的感情都帶到戲外邊去了，就連睡覺的時候都恨不得擠到同一張床上——這不容易呢，基努，那根本就是朋友之間的蜜月期了，也根本是男人與男人之間的蜜月期了，我很明白，即便往後的日子遇到再好的女人也取代不了這一種兩個男人不惜用一切來維護，比兩肋插刀還要極端還要強烈，卻又同時比天長地久還要溫柔還要纏綿的感情。

這其實也就是愛了。這爲什麼不可以是愛呢？我沒有向你求證，但大夥都說，River Phoenix是爲了成就你而差點跟經理人鬧翻臉而接下那部電影的，真的是這樣嗎基努？我只知道，你原本打算聖誕節之前就把他帶到戒毒所去，你很有把握，他會聽你的。可是到最後，命運還是比你搶先一步，陰險地將他給絆倒了，他出事那天是萬聖節前夕，你正日夜顛倒地趕戲，一步一步朝超級巨星的地位邁進，他們告訴你，他是過量服用海洛因猝死，你聽了撕心裂肺地從片場趕到了葬禮，而在葬禮上，八卦雜誌的攝影記者把鏡頭推近了又推近，近得讓我們看清楚你正失聲痛哭，也近得看清楚你在衆目睽睽之下，又一次被命運拳打腳踢——

我們都愛你基努，河水安靜地淌開，你的心房霎時間好像被誰伸進一隻手掌用力抓上一把並且掏空了。空，有時候其實是一種滿，你所有的空，都被憂傷塡滿了。你最終忍不住開口說，「時間再怎麼久，眞正的痛苦還是永遠不會過去的」，而你到現在還在想，如果女友和孩子都還在，你們此時此刻會在做些什麼呢？因此有時候你很想罵人，罵誰都好，因爲這個世界對你實在有欠公平。只是我們看不見的是，你的微笑底下的內容，其實都是無止境的炎涼，其實都是漫漫無邊的遺憾，就好像百廢待興，一隻病入膏肓的鳳凰，必須浴火涅槃，才能火裡來火裡去，活出另外一個眞實而不被命途扭曲的自己。

＊編按：瑞凡・費尼克斯（River Phoenix），美國電影男演員。

大衛・寶兒

David Bowie

在星球上遊蕩的雙色妖瞳

其實我誰也沒有告訴。我夢見過寶兒。我夢見寶兒在中央藝術坊後巷的防火樓頂上唱歌。我記得特別清楚，夢境裡頭的我還非常非常年輕，和朋友們穿著奇裝異服，呼嘯著從酒吧裡出來，那酒吧有個很雄性的名字，就叫作「牛頭」，而我在夢裡大概是喝多了，竟因爲一個簡陋的笑話而狂笑不已，並且一路拖拉著叮噹作響的青春，一路穿過天色即將破曉的鬧市，然後我猛地抬起頭，就看見了寶兒，寶兒一個人，穿著一套鐵鏽色西裝，並且小心翼翼地打上一個蝴蝶翅膀般脆弱的粉紫色領結，安靜地坐在一條藏在後巷裡的防火樓梯上唱歌，他那一對著名的兩隻不同顏色的眼珠，正睜得大大的，裡面滿滿都是海水汐漲的憂愁，我頓時張大了嘴巴，還沒來得及驚訝地叫出聲，夢就醒了——

夢醒了。隔了好多好多年之後，寶兒也走了。寶兒走了，但不知怎麼的，我始終覺得寶兒的傳奇其實才眞正開始——我一直天花亂墜地遐想，狡猾如寶兒，他絕對會給自己先換過一張造型截然不同的冷峻臉孔，然後再植入一枚可以將自己一分爲二，在人世間任何一個角落恣意顯現或率性隱沒的晶片：神祕有時，詭異有時，繼續遊蕩人間亦有時。就好像卡夫卡的遺作《城堡》被推出的時候，小說結尾的那幾行突然在一頁稿紙的中間被中斷，甚至他最後一本稿紙還留有幾張空白頁，很明顯的意味著，他根本還沒有妥當地安排好主角最後的去處，而且在那幾處被刪掉的段落當中，很可能才是主角本身同意的處理結局的方式——生命本來就是一件懸案，只是我們到頭來誰也沒有辦法給自己找到一個合理的答案。

尤其是，說不出為什麼，我老覺得大衛・寶兒跟卡夫卡之間，應該潛伏著連他們自己也解釋不清楚的勾結，而寶兒，他根本就是從卡夫卡虛構的小說裡頭竄出來，最旁若無人地活出自己的一整座水晶宮的主人翁——他只是玩得累了，玩得厭了，想回到他所屬於的星球去了。就好像每個來自另外一個星球的旅客，地球縱觀其實也不外如是，沒有什麼特別的好，亦沒有什麼特別的值得再把時間消耗，除了愛情——愛情是唯一沒有辦法在其他星球茁壯生長的花果草樹。面對一團突然滾到了腳邊的愛情的毛線，外星人的驚慌和好奇絕對不是裝出來的，因為他們的指紋根本沒有辦法辨認愛情的來龍和去脈，所以寶兒才會突如其來的，即便淪為戰俘，也執意在面對審判的那一刻，眾目睽睽地走上前，端起日本軍官坂本龍一的臉，狠狠地一口吻下去——吻下去，是因為他需要將愛情殘留的氣息帶回他生長的星球去。像小王子呵護一朵驕縱的玫瑰一般，讓他可以在星球的黃昏，那猶如人類的血液凝固了之後的妍紫色的天空底下，用他那一對如魔如

魅，時而嫵媚，時而兇煞的雙色瞳孔，安靜地和漸漸模糊了輪廓，也漸漸失去了生命跡象的愛情訣別。

而我是那麼地喜歡大衛・寶兒。像喜歡被一塊冰涼的玉墜貼在心口。我時常在想，他明明是一個遙不可及的被電波控制的靈魂，卻怎麼會有那麼一張讓人迷戀的嬗變的面容？有時候，他像個病態但俊美的公爵，夜半獨自掩上後花園的門，披上厚重的斗篷，翻身躍入公墓裡踱步徘徊，而墓園裡那隻羽毛晶亮如翡翠的貓頭鷹，一聽到他索索行走的腳步聲，就會拍打著翅膀飛過來，停在他的肩膀上，撒嬌似的輕啄他的臉頰；又有時候，他的身分其實是個善於矯飾的衣櫃裡的雙性戀紳士，就好像路易威登在他離世之前和他合作的最後一支廣告片，他出現在人聲喧鬧歌舞昇平，猶如舞台劇一般華麗的威尼斯面具嘉年華，這頭熟練地滑坐到鋼琴面前爲賓客演唱彈奏，那頭靜悄悄地退到門側，一轉身卽奔向聖馬可廣場，登上久候的紅色熱氣球，飛到愛情不那麼潮濕的繁花綠叢。

而所有的愛，恐怕還是其次。要到很後很後來，我才漸漸明白下來，爲什麼當初Iman會答應把自己嫁給一個罪證纍纍的愛情慣犯——而且我們幾乎都知道，寶兒從一開始就沒有否認自己是個雙性戀者。他跟第一任超模妻子Angela離婚之前，有一次Angela拉開房門，赫然看見寶兒和Mick Jagger——滾石樂隊的主唱，兩個男人，裸著身體躺在一起。當然，那結局如何其實已經不重要了。Angela摔開這一扇門走了出去。隨後Iman推開同一扇門走了進來。他們都說，搖滾巨星身邊永遠不能夠缺少的，除了毒品，還有名模，而Iman剛巧正是來自索馬利亞豔色凜凜的黑人名模，想必這說法總有它的幾分道理。

但我還是比較願意選擇去相信，Iman是眞心誠意愛上寶兒的。雖然連寶兒自己也經常困惑，到底那些女孩兒們愛上的是他的名氣，還是眞的愛上撲朔迷離的他自己？而Iman畢竟不同，她見過世面，她摸透眞假，所以調混在她的愛裡頭其實還有著太多其他的元素，比如崇拜，比如宿命，比如依賴，所以我有足夠的理由懷疑，Iman之所以奮不顧身地投奔這一段危機四伏的婚姻，主要是因爲她所嫁的其實是一個神話，一則傳奇，以及，一個永遠有待揭曉的謎——她在鏡頭面前挑了挑修得細細的眉毛，然後回過頭來說，她喜歡挑戰還沒有揭曉的謎底。於是Iman特意在腳踝紋了一把刀，而這把刀的名字叫Bowie，她要用行動表明，她將來所走的每一步路，都要帶著這個名字一起同行。你大概不知道，David Bowie的原名叫David Jones，而Bowie其實是他鍾愛的一個美國刀具品牌的名字，因此這一把紋在Iman腳踝上的小刀，頓時有了溫柔與暴烈並存的意義，她要帶著她的愛與疑惑，鋒鋒利利地把下半截人生一步一步蕩開去。

而落在樂迷的眼裡，寶兒就像塊在塵世中浮沉了千百萬年，滿面滄桑，剛從地底裡挖掘出來的古青銅器，中國的，東方的，玄祕的。而中國，說到中國，曾經在蘇格蘭寺院學佛的寶兒從來沒有一刻放棄過懷疑他前世一定是西藏一名切切轉動經筒的僧侶。熟悉他的人都知道，他總是一高興就戴著用長方形絹布製成的黃色法器「哈達」出現在演唱會上，更常常出其不意地把修行中的喇嘛請到他的演唱會與他同台。你聽過寶兒唱的〈Young Americans〉吧？他說，不信你們試試把整首歌倒過來聽，看看像不像藏教音樂？他迷戀西藏。他常常想著要到西藏隱世埋名，並且像那裡的僧侶一樣，一連幾個星期一動不動地待在深山裡，每隔三天才吃一次飯，對他來說，西藏顯然是一個比月球還要神祕的地方，也是他下一世要投胎的地方。

我甚至在想，寶兒應該不會介意穿著草鞋步行八十哩，到貴州的丹寨縣給當地的師傅端茶敬酒，請師傅給他造一個用苦竹製成的蘆笙，然後在苗族喜慶豐收的節日，戴上笨重的銀首飾，閃亮著他一褐一藍的眼珠，和大夥一起高興地跳著錦雞舞。寶兒一直對東方文化表示出深不見底的好奇，我記得他在左邊小腿內側紋了一個騎在海豚身上，雙手伸向天上祈禱的裸體男人，而紋身底部，映襯著幾行日本銘文。而他的表演當中，本來就有濃厚的日本歌舞伎的劇院特徵，華麗妖嬈，一如藝伎。你恐怕有點印象，他甚至在《Earthling》的香港版專輯，收錄了一首由林夕填詞的〈剎那天地〉，而且還用中文跟黃耀明合唱過這一首充滿禪味的迷幻歌曲——隱約解釋了寶兒死後拒絕任何告別紀念，他只想依據佛教儀式，簡單而莊重，把骨灰撒在峇里島的海面上，不想和當年 Brian Jones 離世時那樣，讓樂迷哭泣著向天空放飛三千五百隻蝴蝶，象徵永恆地飛翔，也象徵無止境的自由，但多少擺脫不了矯情的嫌疑。

但我實在懷疑：一個人同時被那麼多重身分分裂，是不是一件快樂的事？他是高貴冷峻的公爵。他也是蒼白頹廢的癮君子。他顛簸流離。他神祕沉靜。他超脫而前衛，他尖銳而敏感。他是來自外太空的 Ziggy Stardust。他也是暫住地球的火星來客。他亦男亦女，他非男非女。他雌雄合體，他性別重疊。他既是以中性形象出現的雙性戀者，也是性別革命、波普藝術、角色分演、華麗搖滾的燎原之祖——頹廢是一顆最華麗的迷幻藥，而躲在這分裂之後再重疊的身分底下，你只需要記得一個永遠不可能被複製的名字：Bowie，David Bowie，我相信，你會樂意在他建構起來的國境裡，粉身碎骨。

輯二

空

亞歷山大・麥昆

Alexander McQueen

斷了尾巴的紅蜻蜓

重讀吳爾芙，讀到她留給丈夫雷爾德的遺書，「而這一次我不會復原了，我沒辦法專心，我開始聽見那些聲音」，然後她勉強爲最後一部小說定完稿，就打開後門，在大衣口袋裝滿石頭，一步一步，走進家附近的河裡，直到河水將她淹沒——不曉得爲什麼，每次讀到這裡，腦子後方轟的一聲，很自然地就聯想起McQueen，就好像偶爾瞥見一隻迷路的不停的飛撲在玻璃窗上的斷了尾巴的紅色蜻蜓，立即聯想起家鄉建在稻田中央的母校有棵枝椏慈祥的老松樹，那景象一直在我腦海盤旋、盤旋、盤旋，把年少時僅有的記憶在腦海裡旋得緊緊的，像掐在脖子上的兩隻來歷不明的手——我總是相信，某些一晃而過但讓你的心頭莫名一緊的意象，其實正企圖向你預言你未來的局部或全部。

而McQueen，他少年時候應該是讀過吳爾芙的吧？如果吳爾芙還在，她懂得的McQueen，肯定遠比我們看見的、猜測的、臆想的McQueen，還要入木，還要深邃，還要穿透。而且吳爾芙會像疼惜親弟弟那樣，爲McQueen拈開恰巧掉在他頭髮上的斷成兩半的樹枝，也會爲McQueen抓掉陰森地爬上他脖子上的綠毛蟲，她對他的親暱，藏著一種運命相通的憐憫，以及一種來不及規勸和來不及阻止的焦慮和愧疚。

尤其是，河水原來那麼深那麼涼，並且那麼的陰險，那麼的什麼情理都不講；但那畢竟是吳爾芙後來識穿了河水的眞面目卻已經來不及告訴我們的事了。偏偏McQueen最後竟和吳爾芙一樣，專注地擼著槳，以爲把船擼到一個可以讓他將自己如塵土般撒開去的地方，這「一了」，也就是「百了」了，因爲他實在沒有辦法正常地安頓好自己的存在，更不想因此而間接毀掉愛他的人的一生。

我同時想起的，還有香港的盧凱彤，她一直那麼勇敢地喧譁愛，一直勇敢地抖索著在人群中安放她努力武裝起來的自在，也一直勇敢地在瀕臨乾涸的音樂池塘裡盤旋單飛，雁渡寒潭，最終卻還是逃不掉讓自己從高樓墜下。常常，我們是多麼的自私，自私地希望她可以繼續當一個驕傲的單數，一個永遠不會枯萎的異色，照亮我們欲暗未暗的天色——

更可怕的是，我們一直停留在我們對憂鬱的誤解，以爲憂鬱是一種逃避，以爲憂鬱是一種退縮，但實際上，憂鬱從來不是一種選擇，愈是美麗的愈是溫柔的人，以及愈是不想麻煩其他人的人，他們的憂鬱背後，愈是抵著一把尖利的刀鋒。

你大概也懂得的，老一派的倫敦人，他們特別講究禮數和隱私，從來不把憂傷端上餐桌，也從來不把不開心的事搬到戶外野餐的草地，對他們來說，把身邊最親近的人嚇著了，是一件十分不體面的事。

因此像幽魂那般周旋在吳爾芙和 McQueen 身邊如影隨形的憂鬱，不，不是的，不是因爲他們比別人敏感比別人細膩，所以才得以通過幻聽幻視和幻覺，看見曼陀羅，看見彼岸的藍光，看見九泉的迤邐；而是他們窮盡其力，終究抵抗不了藏在腦子裡某個角落看不見也摸不著的畸形病灶，正不斷向他們顯現咄咄相逼的青面和獠牙。

而 McQueen，他是在他母親去世之後的第九天，選擇在倫敦的公寓上吊，用一個最不時尚的方式，跟世界道別，也替自己的人生謝幕，結束他曾經離經叛道但後來慢慢對運命俯首稱臣的生命——他累了，他想提前偷個懶，早一點給自己找個地方好好休息。

消息傳出來的時候，紐約時裝周正開始第一場秀，坐在頭排的時尚翹楚們的黑莓手機，幾乎同時發出訊息進入的提示音，而時尚女魔王 Anna Wintour 更是突然從時裝秀的現場衝了出去，一臉的惶恐，一臉的悲戚，一臉的難以置信——

當時的 McQueen 才剛剛踏入四十歲，那是他的氣魄最飽滿、創意最鋒利、鋒芒也最有輻射力的時候，可是母親的離世，對於McQueen的打擊幾乎是毀滅性的。我記得他曾在一則時尚雜誌的訪問中提過，「我沒有辦法想像自己比母親先離開人世，這是我最大的恐懼，我絕對不允許她自己一個人孤伶伶地生活下去。」

但即便母親先他而去，他整個人還是逃不開穿膛破腹似的給掏空了，因爲他精神上的避難所，完完全全地在他眼前崩塌了。於是他選擇在母親葬禮的前一天，留下一封簡單的遺書，沒有透露任何促使他選擇放棄自己的蛛絲馬跡，只是平靜的寫著，「請照顧我的狗。抱歉，我愛你們。」並且還特別交代了一句，「請將我埋在教堂裡。」

所有在憂鬱邊緣散過步，並且僥倖找得到回來的路的人應該都了解，McQueen根本沒有把握可以讓自己從迎面痛擊的悲痛中穩穩當當地站起來，然後結上領帶，然後穿上肅穆的西裝，然後站在親友面前輪流接受大家的擁抱，出席那個他老愛把她喚作「我們家的石頭」的母親的葬禮。

後來，驗屍官給McQueen的自殺錄下一份裁定書，裡頭有那麼觸目心驚的一句，「他心態的平衡嚴重被擾亂。」看到這一句，據說他生前最要好的超模朋友Kate Moss當下掩著面，泣不成聲，她竟然察覺不到她身邊最親愛的朋友，原來一直跨坐在放棄自己和毀滅自己的懸崖上——憂鬱症最可怕的是，你明明就在他的門外，可就是沒有辦法在最關鍵的時候撞開門闖進去。而且，他不是不肯開門，他只是連扭開門把的力氣和勇氣，都完全提不起來。

Kate Moss說，她對McQueen的思念至今依舊沒有斷裂，她一直沒有忘記，當年她因爲吸食古柯鹼的負面新聞一度讓自己的事業直插冰谷，幾乎所有時尚名牌在敏感時期

卽刻不留情面地終止和她的合約，McQueen是第一個伸出手把她拉上來，在自己的發表會上，刻意穿上印有「我愛妳Kate」的T恤，並痛罵倫敦媒體，「你們他媽的也管太多了吧」，以表示對她的支持。

後來提起舊事，Kate Moss眼裡泛起一片西湖，淒然地笑著說：「永遠也不會有像他這樣的人了，我們有過最美好的笑聲，我是如此想念他。」難得的是，總有那麼一些人，不動聲色地在你人生最嚴寒的時候，給你的壁爐添柴生火，然後天氣暖了，冬天分明已經徹徹底底過去了，你還是常常提著掃帚，卻怎麼掃，也掃不盡他給你留下來的爐燼。

我偶爾也會想起十六歲的McQueen，那時候他沒考進大學，只能在倫敦一所專科學院混日子，夜間則在酒吧靠擦杯子賺錢，後來才逮到了機會到倫敦著名的男裝薩佛街當裁縫學徒。由於父親是蘇格蘭人，在倫敦當黑色計程車司機，幾乎整個家族都是藍領階級，因此當McQueen受封CBE，大英帝國最優秀勳章，他特別穿上蘇格蘭百褶短裙和花呢服裝，佩戴蘇格蘭人的毛皮袠，以及飾有獵鷹羽毛的蘇格蘭船形便帽，完全是爲了回報父母而答應接受這一個勳章，而英女王則像疼惜孫子一般地問他：「你從事時裝設計有多久了？」McQueen 一臉賊笑地對女王說：「太可怕了，已經有好些個年頭了，女王陛下。」逗得女王開懷大笑。女王並不知道，她的慈祥與愛，是如何讓 McQueen 的心裡開出一大片永遠不會凋謝的花。

我喜歡 McQueen，喜歡得其實可以在文字上提起他的時候，捨繁取簡，用「麥昆」來稱呼他也是不願意的。他的原名叫 Lee Alexander McQueen，熟悉他的朋友都叫他 Lee，可能是因爲親切，也可能是牢牢不肯忘記他曾經捉襟見肘的微時。但我卻覺得 McQueen 這名字眞好，好在映照出他的野心他的氣魄，還有他的狂妄和他的顚覆，也好在，你會非常願意去相信，他就像一個「在現實中實實在在存在過的幻獸」，美麗的，凶猛的，狡黠的，但卻同時不失善良的，因爲他來過，像摩西撥開紅海，於是整個時尚界的境界就不一樣了。

亞歷山大・麥昆

Alexander McQueen

毀滅是最美麗的完成

最後連卡爺也走了。卡爺走了，香奈兒不香了，並且意味著，一個由卡爺定義的奢華時代落幕了。風風火火的時尚界，未來又會是什麼樣的一幅光景，其實都在色相之內，意想之外。相對之下，McQueen的離開，某程度上是他心願的完成。離世之前，McQueen已經企圖自殺過兩次，兩次都是僥倖被他當時的男朋友救了回來，而他醒過來的第一句話是：「這不會是最後一次，我還是會繼續嘗試，直到成功爲止。」生命的終結，對McQueen來說，不過是重複的毀滅自己，只是形式上偶爾需要修正而已。

但一投入時裝設計，沒有人比McQueen更瘋魔、更認眞，並且更體貼地去研究和善待每一個不同類型的女人。他的好朋友伊莎貝拉・布羅接受時尚雜誌訪問時提起，她有一次找McQueen試一件舞會裙子，整個過程McQueen就像個失控的開膛手，不斷叱喝著穿上新裙子的她，「轉身、後退、往這邊來」，鼻子還會像豬一樣噴氣，堅持要把裙子試到他自己滿意爲止。之後，伊莎貝拉・布羅在四十八歲那年因一連串的不如意選擇輕生，McQueen對人生的絕望又被扭曲了一次，並且結結實實和心魔抗戰了好長一段日子，才重新出擊，推出一個名爲「藍色夫人」的時裝系列，運用大量的羽毛和帽飾，改造自伊莎貝拉・布羅的收藏品，向伊莎貝拉・布羅致敬——她是他的伯樂、他的同謀、他的摯友，也是他的影子，McQueen在她身上看到的，很多時候就是他自己，因此他選擇用一系列壯麗但哀傷的衣服，來紀念這一位一直嵌在他心裡最重要位置的好友。我常常記得McQueen說的，「我一點也不重要，重要的是穿上我的衣服的那些女人，我必須確保那些衣服帶出她們最眞實的靈魂」。而我一直相信，選對了一條裙子，有時候，眞的會改變一個女人的一生。

至於McQueen的設計，雖然有時候的確是張牙舞爪的「演技派」，但他給女士們設計的晚禮服明明一點都不緊身，也明明一點都不步步爲營地高調強化女人身上地雷般危機四伏的曲線，偏偏比任何時候都讓男人手心冒汗，坐立不安。性感，對McQueen來說，不是讓一個女人看起來唾手可得，而是讓一個女人看起來馬虎不得。尤其是，McQueen眼中最美的女人，是剛剛從床上爬起來，身上還穿著前一晚的禮服的女人，而這些女人之所以特別迷人，因爲在形象上，她們看起來就是不修邊幅的搖滾歌手和濃妝豔抹的柳鶯的混合體——美，很多時候需要經過猛烈的撞擊才力道十足，並不一味是法式優雅，那該多麼無趣。

因此我們看到的T台上的McQueen總是風馳電掣，飆得太遠，去得太盡，幾乎沒有轉圜的餘地。他爲了突出法國高級時尚和倫敦街頭時尚之間看起來根本沒有辦法共存的撕裂感，特別將Givenchy高級定製時尚的發表會安排在倫敦最髒、最雜也最亂的博羅市場，然後故意安排全球最難服侍的頂尖時尚寫手坐在露天硬繃繃的長條鐵椅子上，讓他們體驗一面皺著眉頭呼吸下水道的臭氣，一面帶著刺激感感受介於暴亂、危險和威脅性的氛圍——而博羅市場，曾經是莎士比亞時代著名的花街柳巷，那些低下層人民每晚都在這一區的劇場和妓院穿梭，販賣和尋找最低俗、最卑微、但也最實在的快樂。我是那麼的相信，時尚不一定要高高在上，但是個人風格一定要想盡辦法凌駕其他人之上。

而在McQueen的秀場上，很多時候被安排出場的女模都像半獸人，黑色的眼線沿著內眼角往下延伸，冷酷得讓人不寒而慄，特別具有視覺上的攻擊性，並且表現出不經修飾的蠻荒之美。對他來說，作爲一名設計師，時尚除了是工藝，是戲劇，也是個人經歷，在他的設計和秀場構思和布局上，其實不難發現他並沒有企圖遮掩他無所不在的焦慮，甚至把他個人的生活體驗傾注進去，常常發了瘋一般，把每一場秀都當作是舞台劇的劇場——

熟悉McQueen的時尚分子都知道，他特別擅長通過秀場的設置，突破當代的時尚語義，他可以在設計中加入古埃及人的神祕異教元素，甚至在秀場上豎起巫師的墓碑，也可以將秀場安排在當年用來囚禁法國最後一位王后的巴黎古監獄，讓大家對他下一場發布會的期待值不斷地提高，就連Lady Gaga，也主動要求在他的發布會上首唱最新單曲。而且，McQueen顚覆藝術的同時也尊重藝術，他不間斷地從義大利文藝復興時期的藝術作品中尋找靈感，將藝術家的畫作轉化爲印花，把拜占庭時期的皇后畫像設計成珠寶，更讓大師名畫印在絲綢裙上以示敬仰。我特別記得他有一場秀的名字叫做「旋轉公牛的舞步」，那時九一一事件還沒有過去，McQueen安排了一陣紅色的煙霧在舞台正中冒出並向全場彌漫，帶出無比的感傷——而他的秀，更多時候，其實更像是一齣製作嚴謹，但抽掉對白的戲劇，他太懂得在視覺效果上操縱和控制人們的情緒。同樣的，典型的McQueen風格猶如被放逐的沒落的貴族，比任何一個英倫設計師都強烈，都驚駭，都前衛，無止境的寬肩、高腰線，多層設計，還有大量的皮革，緊身連體衣，A字長裙，船形帽，繭一般的輪廓，以及無從挑剔的完美剪裁。McQueen也有野心，他想成爲聖羅蘭之後最偉大的廓形和剪裁的傳奇大師，「至少有一天我不在了，人們會記得

是我創造了某種永垂不朽的剪裁廓形，並且把我設計過的衣服當作遺產，一代一代地傳承下去，而不單單只是把我當作一個譁衆取寵的設計師。」

關於愛情，McQueen雖然換過好幾個男朋友，但他願意張揚的情感事跡並不多，而且我想，所有同志的愛情都一樣，即便將所有的權益都爭取了回來，卻始終還是好像在凍土上散步，明明沁涼明明愜意，明明距離圓滿只有一步之遙，但這當中，終究還是潛伏著難以言喻的不確定性，隨時還是有可能滑上一跤。年輕時候的McQueen，整個人渾圓渾圓的，很害羞，很不擅辭令，但很有禮貌，老穿著一條破牛仔褲和鬆垮垮的襯衫，沒有奇裝異服，也完全不懂得著手把自己包裝成一個未來時裝設計大師的模樣，而且他一點也不妖嬈嫵媚，常常讓時裝圈裡的人以爲他是「剛正不阿」的直男，他唯一讓人吃不消的壞處是，他的耳根子特別的軟，聽不得甜言蜜語，很容易就愛上其實不是最適合他的男人，就連Tom Ford，也曾經這麼形容過McQueen，「他看起來就像一塊棉花糖，親切，迷人，很容易讓人喜歡上他。」

後來McQueen結了婚，男朋友是個紀錄片導演，兩人挑了一個不那麼高調不那麼喧鬧的島嶼，舉行一場不那麼浮華的婚禮，並邀請Kate Moss擔任伴娘。但我更記得的是，他剛擔綱Givenchy的創意總監，準備替當時奄奄一息的品牌注入一支強調「概念性和現代感」的強心針的時候，和他走在一起的其實是另一個男朋友，McQueen常常忙完了發表會，在T台上探出半個頭來謝幕就一溜煙地走了，什麼時尚評論都不聽，什麼慶功派對都不去，安靜地和母親喝一頓下午茶，然後就直接躲進男朋友的小公寓裡。我每每記起這個時期的McQueen，心裡總是特別柔軟，我還記得他右手臂上有一組紋身，紋的是莎士比亞的喜劇《仲夏夜之夢》的一句對白，「愛不是用眼睛看出來的，而是用心感覺出來的」。我也記得，他特別放不下他養的那一條叫「薄荷」的狗，他想每天都和「薄荷」躲在六百歲的倫敦老樹底下耳鬢廝磨——後來在他發病之後，我才知道，薄荷其實就是他給自己的憂鬱症調配的一方草藥，而他喜歡倫敦遠遠超過喜歡巴黎，他其實根本招架不住巴黎的勢利眼，倫敦才是他的人生，他的開始，以及他永永遠遠的結束。

山本耀司

Yohji Yamamoto

用剪刀寫詩的時尚浪人

後來我才發現，原來山本耀司並沒有把匿藏在他心裡的那個鬱鬱寡歡的小孩給釋放出來——有一次接受訪問，他半皺著眉頭說，他這一生人最不喜歡的，就是當街欺負小孩的大人，至於背後的原因，我則約略是聽說過的：

山本耀司自幼喪父，父親在他一歲時被徵召奔赴戰場，結果死於菲律賓的一場戰役，從此沒有再回來，因此他只得一路跟隨開設小小洋裝店的母親，在東京風月區歌舞伎町長大。而他的童年很快地讓我聯想起北野武和荒木經惟，他們幾乎都是同一個時代出生的孩子，都一樣的貧窮，也都一樣的苦悶，並且身邊充斥著妓女、美國大兵、黑社會和形形色色的人。然後有一次，山本耀司在巷口和童年的夥伴興高采烈地玩投接球，不小心讓球擊中了一輛黑色的大房車，車裡的男人馬上兇狠地走下車來，不由分說，狠狠地將他毆打了一頓，並且還啐了一聲，罵他「沒用的小鬼」。

就是這一頓毆打和這一句「小鬼」，擊中了山本耀司的「渴望力」和「戰鬥性」——印象之中，山本耀司是個不愛給家裡製造麻煩的孩子，他總是想方設法，讓自己看起來十分守規矩十分懂事，然後小心翼翼地成長，小心翼翼地暗地裡醞釀並呵護他那脆弱但偉大的夢想。可是這種以扼殺自己個性來讓母親安心的手法，對心理的成長怎麼說都是不健康的，即便他是那麼地嚮往進入東京藝術大學，最終還是不得不選擇了慶應大學法學部，以回報母親一直希望他將來能夠當上一名律師的願望。不過他不斷告誡自己：「無論怎麼樣，將來一定要走出去，一定要做回自己，一定要到世界的中央闖蕩去。」

而山本耀司的世界中央，是巴黎。他後來在巴黎取得的驚心動魄的成就，不但改動了整個時尚界的歷史，也抹掉他自己好大一部分的童年陰影，雖然他偶爾會增加訪問的趣味性而主動告訴時尚記者，他的內心，其實還有那麼一小部分保留了一顆愛搗蛋的童心，隨時會抓緊機會轉過身來，對整個世界調皮地吐吐舌頭——但我知道那不是眞的，不會是眞的。

因爲每每時裝秀一結束，山本耀司整個人就坍塌下來，被鋪天蓋地的空虛感襲擊得幾乎站不起身，而且草草地謝完幕之後就走進後台，腳步蹣跚，心情悵惘，一心只想趕快回家牽起狗兒到附近的墓園散步。他不快樂。快樂並不是隨身藏在衣兜裡的狗糧，隨時都可以一大把一大把地掏出來撒在地上給他的狗兒解饞。

是的，山本耀司養著一條兇暴的秋田犬，這種體態威猛的狗，以前是日本獨居的獵人養來和熊作戰的，但山本耀司養的這一隻母犬，則是他公開的情人，是養來彼此陪伴的，因爲他就連躲起來不叨擾其他人地享受那一小鍋孤獨，也必須不被看見，也必須有所節制。

而山本耀司的不快樂其實是合理的。我知道我們都很殘忍。但山本耀司如果不繼續那麼的心思敏銳，不繼續那麼的鬱鬱寡歡，不繼續那麼的害怕時尚派對和不繼續那麼害怕社交，我們要到哪裡去找一個會懂得把衣服設計得像流浪漢的穿著那般瀟灑那麼富有哲學意味，

並且當衣服穿在人們的身上時，會隨著人們的擺動和行走，隱隱約約帶出時光流逝的味道的當代時尚大師？

我常在想，如果時尚是詩，那麼山本耀司俐落的剪裁就是他的語法，他總是以充滿儀式感的剪裁方式，去裁剪如字句般「鮮活」的布料，而且不斷強調，女人的背部比正面好看，「從肋骨到腰，再延伸到臀部的線條，其實才是最性感，也最有魅力的」，反而對於如何突出來勢洶洶的胸脯，對於他來說，其實並沒有什麼所謂。最重要的是，後背才是一件衣服的基礎，不用心完成後幅，衣服的前幅根本沒有辦法成立。

而出道至今都快五十年了，山本耀司對於功能性的美，到現在還老是心存疑問。他說過，因為他出生在日本一個非常糟糕的時代，連吃也差點管不了，所以那個時代出生的孩子們身材都矮小，包括他自己。他其實很厭惡自己瘦弱矮小的身材，所以潛意識裡總會設計出尺寸超大的衣服，然後在夾克和襯衫之中注入空氣，巧妙地運用日本人推崇的「間」的哲學，在設計上留下適當的空間，去間隔一件衣服的設計形態和存在方式，讓肌膚和面料之間，空氣可以順暢流通，山本耀司認為，那些藏在女人身體和布料之間流動的空氣，特別的旖旎，也特別的容易引人遐思。

而時尚設計以外，我一直驚歎於山本耀司對感應其他藝術的敏感度，他除了是二〇一一年獲得法國藝術文化勳章最高等級「司令勳章」的山本耀司，間中也不斷為他所欣賞的藝術家們傾盡全力，擔任舞蹈、歌舞劇、舞台劇、電影等服裝設計，偶爾還會寫寫文章，讓大家通過文字進入他個人的禁區，看見時尚天橋以外不一樣的山本耀司。

更驚訝的是，原來山本耀司竟然還是一個不愛喧譁愛沉默的搖滾音樂人，不同的只是，他心目中的搖滾之神是巴布・狄倫（Bob Dylan），跟他女兒山本里美喜歡的搖滾樂團「槍管與玫瑰」不太一樣，而且山本耀司會寫很輕、很淡、很不著痕跡但很有意思的歌詞，比如「抱歉／把你一個人留下／明明和你約好了／一不小心／以為睡著了」；比如「春天再來的時候／你還能活著嗎／討厭的杜鵑花就要開了／討厭的春天就要來了」。而且他中學就開始學吉他，玩樂隊，不喜歡披頭四，覺得他們的音樂有太多經過設計的痕跡，他眞正著迷的是Bob Dylan，喜歡在他的歌詞裡可以找到詩在呼吸，喜歡在他的歌曲裡面流竄的故鄉感，他甚至在稍有名氣之後鼓起勇氣找過巴布・狄倫當他的模特兒，但很快就被比他更反主流、更酷和更跩的巴布・狄倫拒絕了，而這事兒，也成了他這一生人當中的遺憾。

至於推出過好幾張音樂專輯的山本耀司說過，創作歌曲比設計衣服更可以直接地看見不足的自己，也讓他可以更坦白地面對焦躁、煩慮和害怕挫敗的自己。並且，因爲平時就不怎麼愛說話，所以他把心裡想表達的東西和想發洩出來的吶喊，都完完整整地安頓在他的歌曲裡，雖然大家都說，山本耀司唱歌的方式就好像中學生羞澀地在朗誦詩歌，不怎麼好聽，但勝在特別容易觸動人心，和他設計的衣服一樣，有點高深莫測的況味。

更何況，我喜歡想像他把幾位一起玩音樂的朋友一起叫來，就在他家裡煙霧瀰漫的地下工作室錄音的畫面，他們一起瘋狂地抽煙，一起安靜地修改歌詞，一起把一首歌的旋律整頓清楚，而當山本耀司埋頭改動歌詞的時候，他的音樂夥伴們就在一旁抽煙，等他寫完了再一起編曲，一點也不著急，誠心誠意要他把音樂領回最初的樣子。

山本耀司

Yohji Yamamoto

——於是不吭一聲地服從

有時候靜下來，把杯子擱在一張張陌生的茶几上，坐在旅途中的廣場上看人，看走過的紅男映照綠女，看秀色何等可餐，忍不住就會想，在這飛沙走石的世界裡，有一點恐怕是我們誰都不願意去承認的，完美，其實最不美——

而我其實先後在兩個人口中聽過這句話，兩個都是我喜歡的人：第一次是山本耀司，因爲對他來說，完美象徵著秩序感，象徵著權威性，這兩者都不是他追求的設計精神。第二次則是碧娜．鮑許（Pina Bausch），在她編排的舞蹈中，有麥田有風沙有花海有水潭，但同時也潛伏著扭曲、掙扎、苦難和束縛，所以她坦言她的舞蹈從不信奉完美，對於碧娜來說，不完美，其實才完美。

這大概也就解釋了爲什麼在我私人珍藏、宛如中學生剪貼簿般的「時人／時尚／時刻」相簿裡，有一張照片是我特別特別喜歡的：照片裡山本耀司蹲下身子，畢恭畢敬地爲碧娜．鮑許的舞蹈造型試衣服。碧娜站在鏡子面前，半垂著眼睛，微微地笑著，身上穿著一件山本耀司爲她設計的黑色寬袍，並且因爲衣服選用的布料太輕太軟太舒柔，格外顯得她眞的好瘦好瘦，而她束起頭髮，高高地把雙手舉起來，一臉的虔誠，安心地把自己交給山本耀司，爲她演出的舞蹈造型作最後的定裝儀式。

由於碧娜・鮑許需要在台上展現她身體內的靈光，表演大量的舞蹈動作，我於是有點好奇，山本耀司會不會將衣服裁成寬大的帳篷的樣子，然後以同樣的一幅布料，設計得有點像鴨子的蹼，隨著手的動作，衣服的層次會上揚，只要手一抬起，全身卽伸長，手一旦放下，就出現波浪般的皺摺，展現衣服異常豐富的表情，和碧娜・鮑許在舞台上的每一個充滿張力的動作，相互輝映。

其實這照片之所以珍貴，不單單是因爲照片裡頭都是我最崇敬的人，而是攝影師那麼精準地把他們兩個人在鏡頭面前漫漶開來的惺惺相惜給捕抓下來，因此我知道，將來有那麼一天連山本耀司也不在了，這照片是注定要成爲經典的。就好像如今碧娜離開都逾十年了，山本耀司回憶起第一次和她見面，還是忍不住嘆了一口氣，「她是少數可以讓我不吭一聲，絕對服從的人。」碧娜太強大太厲害了，雖然他們兩個都是不多話也不習慣攤開來表達自己情感的人，可是兩個人的互相欣賞和互相體恤，根本不需要暖場也不需要預先彩排。

初見碧娜，她的氣場、她的細膩、她的暴烈、她的溫柔，完完全全把山本耀司降服下來，天生孤僻的他說過這麼一句，這一輩子讓他感動的只有兩個人，而這兩個人恰巧都是德國人，一個是劇作家海納・穆勒（Heiner Müller），另外一個是舞蹈家碧娜・鮑許，「他們兩個說的話，我一定會服從，而且很想一直待在他們身邊，長久地跟他們在一起。」可見山本耀司實實在在是個感性的人，他只是在創意上老是不懷好意，老是意圖不軌，在情感上，沒有人比他更從一而終，也沒有人比他更孩子氣地依賴和駐守著這兩個他喜歡的人。

特別是碧娜・鮑許。山本耀司一直覺得碧娜是個瘋狂的人，她怎麼看都像是同時擁有了一枚銀幣的正反兩面，溫柔的是她，暴烈的也是她。她一直都在孤獨地愛著，也在愛裡一直孤獨著。再也沒有一個女人可以像碧娜・鮑許那樣，她太懂得如何堅韌地爭取繼續生存下去的手法。這樣的女人是可怕的。最可怕的是，她全盤接受殘缺和無常之美，在她設計的舞蹈當中，充滿了手、力道和汗水，對她來說，她隨時隨地都藉由她本身脆弱的身軀去表現她心志的遼闊和強大，並且完全應和了山本耀司最喜歡的一個引文單詞「fragile」，因爲山本耀司對美的終極嚮往是：當衣服褪下或消失，其實就只剩下人，就只剩下你自己，以及你的風度，到最後那才是眞正的美，那才是本質——而碧娜・鮑許，偏偏完全符合了他所要表達的設計概念。

因此後來碧娜・鮑許主動提出和他在舞台上合作，讓他在烏帕塔舞蹈劇團廿五周年紀念演出上特別客串，山本耀司又開心又憂心，緊張得連話都說不出來——他除了憂心自己如何以一個時裝設計師的身分，介入碧娜・鮑許編排的舞蹈當中，他更加憂心的是，把兩個眞正互相欣賞的人撮合到一塊演出，其實孕育著一定程度的危險，因爲最終出現在舞台上的，其中一個可能是雙方禮貌性的互相謙讓；另外一個可能是作爲客席演出的他，明顯會受到相當的忽視而造成嚴重的信心傷害——除非是大家都同意突破一般

性思考，作出激烈的反差，豁出去，把最不被預料的演出設計和形象塑造，投放到對方的領域上去，只有這樣的跨界演出，才符合衝突性的美感，也才會大量贏取緊緊糾纏的反駁和讚賞。

結果山本耀司最後還是接受了碧娜·鮑許在舞台上交給他的一個小時。燈光調暗，碧娜退下，然後山本耀司站出來，在黑暗中表演一場黑帶空手道的搏鬥技巧。他說，「如果眞的要投入運動，就一定要找個有對手的運動才好玩，因爲可以練習認眞決出勝負的格鬥技巧——運動要有緊張感才會眞正幫助神經的舒緩。」而這麼好鬥的山本耀司，和站在天橋謝幕時一臉徬徨地接受觀衆掌聲的山本耀司，實在是完全不同的兩個人哪。

至於我喜歡的山本耀司一直都是片面的，是局部性的，是可以解散然後再重新組合的一個非常貼近生活的大師面貌，比如我喜歡山本耀司所說的，他賴以生存的物質其實都很簡單，也都隨手可得：香煙，剪刀，音碟，小津安二郎的電影，安眠藥和一粒好枕頭。其他都是不重要的，其他都是完全可以不需要的。

關於時尙的未來，山本耀司看得很遠，我很肯定，山本耀司看到很多我們所看不到的，甚至他現在所看到的，如果有一天他退休了或離開了，也還不會被其他所謂的時尚大師所看到。而我將一直懷念他設計上的反叛，以及他爲黑色作出的平反，覺得黑色比白色謙虛，而且黑色是有尊嚴有節制，不打擾人們眼睛的顏色。山本耀司從一開始就反抗主流，堅持設計上必須以不平衡的線條，來突顯手工藝術不完美的完美，以及保留工匠努力的痕跡以證明衣服背後人工的最眞實的存在，他說過，他眞正的天賦，不是創意，不是裁剪，而是他的經歷，他生活過的地方，他受傷過的心和他愛過的人。而時尚，說穿了，不過是一個高濃度緊縮、披在身上、走到街頭上，然後被人們閱讀的故事。

一件衣服之所以美麗，是因爲人們穿著它去愛戀、去傷心、去掙扎、去懊悔，並且看得出來衣服與人之間已經建立起一種相濡以沫的融洽與默契。我常覺得，時間流了過去，閱歷沉澱下來，當一個人漸漸怡然自得地住進那一件他感覺特別親暱的衣服裡，而那件衣服也將漸漸給了他一種家一般的安全感，安靜而柔馴，不需要對著全世界吼叫它有多美麗，我絕對會相信，那一件衣服的衣角，一定有個風馳電掣的簽名，就叫Yohji。

安迪・沃荷

Andy Warhol

神經質其實是一種藝術

到現在我偶爾還是會想念安迪・沃荷的神經質——雖然他這個人的某些想法和某些創意在某個層面上已經有點太過過時。但神經質不會。神經質本身其實就是一種藝術。我特別喜歡他常常重複的一個動作，他在書桌最上面的抽屜取出削鉛筆機，然後走進浴室蹲在馬桶邊上，專心一致地把筆筒上的每一枝鉛筆都來來回回削得尖尖細細的，他不能夠忍受筆筒內插著一枝鈍了的鉛筆。

這當然是一種病。但這是一種有品味有原則的強迫症。他不搭理時間，時間他花得起，而且花得和他花鈔票一樣爽快，他關心的只是細節，就好像他如果發現某一本擱在書架上的書的顏色不夠明亮，或者剛巧和房間的顏色不搭的話，他會毫不猶疑地把書皮撕下，然後用相稱的顏色打一張書簽貼在書脊上，讓整個房間的調性完全一致——因此我老是在猜，他需要的恐怕是一睜開眼就必須絕對相稱和連貫的視覺效果來維持他的生命，要不然他會因此而呼吸困難，活不下去。

而我之所以開始熟悉安迪・沃荷，有一小部分原因是因爲他曾經畫過一條史上最貴的香蕉，那是普普藝術的標誌，那也是安迪・沃荷最顯赫的藝術身世。但那條作爲「地下絲絨」推出的搖滾音樂專輯封面設計的香蕉，實在是黃得讓人暈頭轉向，也實在是黃得偶爾讓人焦慮急躁，就好像安迪・沃荷這個人一樣——

安迪・沃荷特別喜歡黃色，黃色在他潛意識裡是最能夠統馭空間、最能夠顯示主控權和占據感的顏色。而黃色的香蕉，則隨時隨地能夠占據比它實際體積更大的空間，這其實暗喻安迪・沃荷雖然是個害羞的人，但他的野心可一點都不害羞，他極度渴望成名、極度希望成爲人們口中最津津樂道的大師和名人，他自小就嫉妒所有在電視上擁有個人節目的主持人——所以，他唯有通過最喧鬧的普普藝術，以及不斷重複將最浮誇的顏色注入最普羅的人像或圖案上，才能讓他這個紅鼻子白頭髮的怪胎變成一個聲名大噪，並且不斷讓人好奇讓人追蹤讓人崇拜的「普普教皇」，滿足他渴望被關注的帶點病態的慾望。

而我必須坦白，才氣以外，我對安迪・沃荷的喜愛，多少藏著獵奇心態：尤其是他狠狠閹割掉正常的生活方式，以及他終生病態式地將頭髮和眉毛不斷漂染成不同顏色來逃避自己出生於捷克貧民區，以及患有風濕性舞蹈症的一種自卑、自戀、甚至自虐的方式，活脫脫就可以成就爲一本曲折迂迴、腥辣驚悚的都會奇情小說。但更關鍵的是，我癡迷大衛・寶兒從來不是一朝一夕的事，因此當我知道大衛・寶兒特別喜歡安迪・沃荷，將他視作偶像，甚至還爲安迪．沃荷寫過一首歌，歌名更是單刀直入採用「安迪．沃荷」的名字，而歌曲裡頭來來回回，表達的盡是他對安迪．沃荷的欽佩和說不清楚的明明滅滅的情愫的時候——我灼灼地獨坐在院子的角落，讓自己燒成了灰燼一整個長長的下午。

之後吧，大衛．寶兒更出乎意料之外，答應在電影《輕狂歲月》裡出演安迪．沃荷，讓兩人的交情更加撲朔更加迷離，甚至聽說大衛．寶兒在電影裡的白色假髮，還是安迪．沃荷特地派人送到片場借給他的。大衛．寶兒可以喜歡任何人，但不是安迪．沃荷，因爲安迪是一個缺乏「愛情機能」的人，他就只愛他自己，而且他有一雙因爲對人對環境對愛情缺乏安全感而終日不停抖動的手，他甚至自嘲地說：「我很好奇爲什麼自己不是抽象派畫家，單是看看這雙不停抖動的手，我應該是天生的抽象派畫家才是。」所以他拿什麼去承受和接納大衛．寶兒外星人一般動輒行雷閃電的愛情？

作爲影響了整個六〇年代的藝術大師，我其實特別同情安迪．沃荷，他一點都不快樂，一丁點都不。他的自戀、自大和自視過高，基本上都是裝出來的，即便後來家喻戶曉名利雙收，甚至自創門派呼風喚雨，終於有了自己的電視節目，也孤注一擲地拍了好一些超前衛的聲名顯赫的情色電影，但他還是對自己一點信心都沒有。

因爲工作的關係，安迪．沃荷其實從沒缺過穿梭於藝術、音樂、文學、電影和時尚界的機會，他身邊鎮日圍繞著的，全都是滿漢全席的明星美女，全都是秀色可餐的模特俊男，他常常自卑自己長得不夠好看，所以一有機會就搶先誇大自己的短處，貶抑自己的長處，這樣一來受到的傷害就會相對的減輕很多。而且他天生是一個無可救藥的患有焦慮症的工作狂，他痛恨花時間重新去認識一個人，無論對方是男伴或閨密，他說：「爲自己保留多一點時間的方法，就是將自己保養得一點吸引力都沒有，這樣就不會有誰會對你有興趣了。」

特別是，他對自己的同志身分一直都沒有辦法眞正地投入進去。他渴望愛，但又害怕因爲付出了愛卻受到傷害。他經常自嘲著對身邊的朋友說：「我懶得精心裝扮自己，我也懶得爲自己創造吸引力，因爲我壓根兒不希望有人愛上我。」這其實和全天下自戀的人都一樣，他們渴望風起雲湧、飛沙走石、排山倒海的愛情，卻又完全招架不住一丁點的背叛、考驗和傷害。愛情其實不難，只要妳不是一張開口就咬斷愛情的脖子以證明它必須是純潔虔誠並從一而終的就可以了。

但我總覺得「不希望被人愛上」這一席話背後，其實塡塞著安迪・沃荷沉默但浩瀚的悲傷。安迪・沃荷老是將自己的形象強化成一個愛錢、愛名、愛利；愛上流社會的糜爛；愛名流富豪的虛假的「病態名利迷戀者」，實際上我知道，他眞正愛的，其實是那一個一直被他禁錮在內心最黝暗的角落的，曾經在少年時經歷過三次精神崩潰的他自己。並且很少人知道，他因爲打從八歲開始身上就長有一種久治不好的皮膚病，導致他因身上的色素慢慢流失，整個人看起來蒼白，孱弱，病態，所以他不得不經常更換生氣蓬勃的假髮的顏色來轉移大家對他樣貌怪異而生起的注意力——這也是爲什麼，安迪・沃荷的作品，總是以最強悍最潑辣的顏色來反擊命運對他的諸般作弄。

這恐怕也是爲什麼，因爲自卑不停地發酵，因爲時時刻刻的自我保護，所以安迪・沃荷必須把自己錘煉成招人厭惡的自大狂，然後順勢斷絕和外界建立起任何和溫柔相關的聯繫。

我從來沒有見過一個比安迪・沃荷更苛刻、更殘酷地謀害自己任何一絲感情可能的同志。我認識的同志們，除了可以爲了愛情水裡來火裡去，更可以爲了愛情水漫金山，在愛情面前，他們的背脊挺得比異性戀者更挺拔更堅毅更剛硬。光是捍衛愛情這一環，安迪・沃荷就一點都不普普，一點都不前衛，一點都不紐約。他害怕因爲愛情而折損了他的藝術生命，所以寧可先將自己的感情線給閹割，然後自我壓抑、自我逃避、自我否定，誰也不會相信，這個將罐頭濃湯和可口可樂變成商業藝術的「普普教皇」，竟是那麼的害怕被紐約上流社會排擠、害怕被流行風尚淘汰、害怕被藝術評論家質疑他作品裡的藝術含量，導致他幾乎惶惶不得終日地生活在紙醉金迷的迷惘和浮華當中。

而且我是那麼的驚訝，難得遇上一個不需要上惡名和豔名同樣昭彰的「五十四俱樂部」打卡亮相，並且在派對上沉淪下去的夜晚，他基本上根本沒有辦法一個人獨處，如果被逼必須一個人消磨一整個晚上的時光，他通常會一口氣扭開四台電視機，讓四台電視機同時播放不同性質的節目，利用電視機的發射出來的聲量，一點一滴地抵消他漫無邊境的寂寞，因爲寂寞，在紐約是件很可恥的事，尤其他是安迪・沃荷。

安迪・沃荷
Andy Warhol

愈是孤獨的人，內心愈是車水馬龍

不曉得爲什麼，每每提起安迪，我老覺得安迪其實是個再普通不過的名字，但幸好「沃荷」不是。「沃荷」雖然沒有特別的字義，但我喜歡這名字叫起來有種節日的喜慶氣氛，替安迪這個人添了點蓬勃的朝氣，讓他不至於看上去老像個孤獨的鬱鬱寡歡的吸血殭屍。

而如果安迪不「沃荷」，我實在無從知曉，普普藝術會不會降世？我們會不會在安迪．沃荷驚世駭俗的先鋒精神不斷地被借屍還魂之下，遺憾自己竟沒有趕得上六〇年代紐約最頹廢、最拜金、但也最美麗的時代？

安迪．沃荷相信，只有金錢，才可以換來尊嚴，他痛恨支票，喜歡身上有很多很多的鈔票，而身上有了鈔票，他就一定要在上床前把鈔票花掉，有時候眞的花不完，他就爬起身搭計程車到藥妝店讓店員延遲營業，好讓他把他要買的東西買完，而他最常買的，不過是粉紅色的有機牙膏——

而且安迪．沃荷是一個寧可買一大堆鞋墊也不願意買一顆古董珠寶店裡四十年代鑽石珠寶的藝術家，特別是當店員告訴他，「先生這款設計好，這胸針有四十年代的環黃金鑽石，鑽石代表永恆」，他一聽就拉起男伴的手掉頭就走，他和其他藝術家不一樣，他對「永恆」這兩個字特別反感，「永恆是什麼」，因此他從不強調他的作品會流芳百世，會永恆地被珍藏，他十分清楚，他的作品過了三年其實就沒有了價值，也沒有了興風作浪的本事。

他知道他不是畢卡索，畢卡索一生中創作了四千幅的畫，這數目安迪・沃荷說他八個月基本上就可以達到了，而且因爲安迪・沃荷的繪畫靠的是直覺，尺寸對了，顏色抓準了，他就馬上開始，很少花時間在構思，「如果你不去思考，它出來的就對了」，一旦你必須停下來去決定去抉擇，它其實已經不對了，你必須決定的東西愈多，它出現的錯誤就愈大，就好像最好的愛情，就是你不需要特別去設計和經營的愛情，而人生何嘗不是這樣？時間就是最好的劇情，它一定會在最後一分鐘，在你閉上眼睛那一刻，讓一切眞相大白。

我差點忘了，我很喜歡安迪・沃荷說過的一句話，聽起來雖有點灰暗，但比所有空洞的詩歌都來得寫實，他說：「我從來不會崩潰瓦解，因爲我從來就不曾完好無缺。」

我很疑惑，一個人到底要經歷過多少次命運的迎面痛擊，才會悶聲不響地默認自己的人生是一個寫壞了的腳本？但作爲領銜主演自己人生的專業演員，你會發現安迪・沃荷總是比誰都落力地背熟生命度身爲他訂造的對白，在適當的時候，雲淡風輕地說給自己聽。

生命的鬧劇和悲劇，其實都是一樣的，我們總得花上很長的時間才學會下來，可一旦學會了就永遠不會忘記。安迪・沃荷小時候常常生病，每一次生病，他就當作是中場休息，躺在床上繪圖塡色畫畫，打發生命額外給他留下的降魔時刻。而際遇起起落落，我們誰的生命當中不也經過許許多多趟的中場休息？總要到最後的最後，我們才漸漸地恍然大悟，實在沒有必要白費力氣對生命斤斤計較。

不知道爲什麼，我其實比較喜歡忍辱負重的藝術家，比如梵谷，比如倪瓚。可惜安迪・沃荷不是。他的人生過得比誰都燈紅酒綠，他的作品也比誰都高調而聒噪，單是看看他選擇潑上去的顏色就知道了，幾乎每一個顏色都特別的喧譁而熱鬧。我常常覺得，愈是孤獨的人，他們的內心愈是車水馬龍，有著一大片不被看見的繁華盛世。但安迪・沃荷剛巧相反，他不懂得讓自己安靜下來基本上就是一種本事。

最奇怪的是，安迪・沃荷喜歡和所有時髦的紐約人一樣，興高采烈地在戲院門口排隊買票、興高彩烈地排隊等著進場，並且把排隊當作是一件時髦的事。可是他生平最不喜歡的偏偏是旅行，覺得旅行太匆忙太倉促，他寧可躲在自己的房間裡和閨密們一口氣通十八通的電話，然後慢慢的將自己的頭髮從金色漂染成白色，再從白色漂染成灰色，因爲他覺得灰色的頭髮比較有正能量，比較能夠招架得住隔天必須和他一起演戲的伊麗莎白·泰勒。他說，除非你希望生活就像電影一樣虛幻地在你面前流過，那麼旅行一定會如你所願。更何況，安迪·沃荷太了解他自己，如果旅程中的其中一天沒有辦法讓他看到美國電視劇，他肯定會馬上歇斯底里地瘋掉，只有紐約，才是他永遠的啓程和抵達的目的地。

在某一個程度上，我常常覺得，我是不是應該把安迪·沃荷介紹成一個理智得近乎冷酷的人才合適？他曾經說過，如果他是一台錄音機，那麼他身上肯定只有一個按鍵——消除鍵。他喜歡累積名氣、財富和人脈，但他特別抗拒累積回憶。這一點我倒是認同的，有時候，過於靈光的記憶力，只會讓你未來的人生更加沮喪更加乏力，因爲你往後只有不斷地失去所有美好的，卻換回所有腐爛和敗壞的：包括愛情，夢想和軀體。

甚至於關乎死亡，安迪·沃荷也看得意料之外的透徹，而這讓我突然聯想起周潤發說過的，如果他有一天不在了，他就會把他擁有的一切裸捐出去，什麼都不要留下。但

周潤發的裸捐主要是施贈，讓貧困和短缺的人們受益，而安迪・沃荷不是。他一直堅持離開這個世界的時候，他不想留下任何的剩餘物，包括他自己，因爲他覺得自己的屍骸，到頭來不過是累贅的剩餘物，包括他所有的作品也是。他特別嚮往的是，如果可以選擇，能夠走進一束光然後就徹底讓自己消失掉會是一件多麼美麗的事？可惜的是，他所期待的並沒有發生，我們從來都沒有放過安迪・沃荷的意思。

尤其是咱們誰會忘記安迪・沃荷曾經說過的呢，「不要太好出風頭，但偶爾要讓別人知道你的存在。」我聽了頓時「咦」了一聲，這不正是擺明在說沉迷耽溺於社交媒體的我們嗎？當然還有一句，也是安迪・沃荷說的，

「在未來，每個人都能成名十五分鐘」，但這一句「十五分鐘論」，他只說對了一半，現在的我們，在臉書，在「隱私塔」，在推特，誰不是爬山涉水、機關算盡、竭盡所能地讓自己每一天至少洗版十五分鐘？而實際上，十五分鐘未免太短，我們的虛榮心已經被社交媒體餵養得必須全天候活在全世界的關注之下才會開心。

間中也有一些時候吧，我會被安迪・沃荷接待生活的熱忱所感動，他尖酸的風趣和刻薄的幽默感，看起來像一種生活技能多過像一種天性。我特別高興的是，安迪・沃荷竟然和我一樣，對香水一直有一種帶點病態的情意結，他坦白承認，他每一次受邀參加朋友們的家庭派對，一定會克制不住自己潛入別人家的浴室，看看有些什麼牌子的香氛和古龍水，然後偷偷噴一些在身上，並且十分享受會不會在別人家的浴室和他曾經深愛過卻又半途走失的香水重逢的刺激感。

回憶太瑣碎，值得在回憶裡讓自己來回煎熬的人與事本來就不多，我很同意安迪・沃荷所說的，嗅覺的記憶不會產生副作用，就好像膚色愈淺的人，愈適合塗用味道愈淡的香水，是一種乾淨俐落而又溫潤如玉的懷舊方式。我曾經在香港文華酒店看過「安迪・沃荷在中國」攝影展，當時除了對毛澤東的「普普」頭像感覺不可思議，印象最震撼的就是安迪・沃荷穿著軍綠色的外套頂著一頭白髮站在紅色的天安門前拍下的一張照片，那一抹綠和那一叢紅，以及那一臉茫茫然不知所措的神情，已經轟轟烈烈地記錄下安迪・沃荷「永恆的十五分鐘」。

保羅．史密斯

Sir Paul Smith

——穿著紅色襪子騎在單車上的英國爵士

穿過倫敦Savile Row去見Paul Smith，在場景的鋪陳上，那味道就對了。誰不曉得英國男人板起臉孔穿上正裝，那一臉的道貌岸然和那一身的一絲不苟，都是拜Savile Row老派拱廊街的定製西裝老師傅們調教出來的？

而六月的倫敦，依然不改陰晴不定的個性，我沿著氣派雍容的老房子標明的建築年號，一路小心翼翼地拐彎抹角，邊走邊尋，彷彿就快要追溯到中世紀去了，終於找到了氣派古舊典雅，原身是一家藝廊的展示廳，而就連站在門口迎賓的門房，個個色如春曉，穿著筆挺的三件式全黑西裝，帥氣得隨時可以登上GQ時尚大片——我指了指門前豎起來的那幅色彩繽紛的直碼藝術家條紋海報，Paul Smith？結果那眼珠子比希臘的海洋還要藍的門房，調皮地眨了眨眼睛指正，對，但不是Paul Smith，是Sir Paul Smith，可見他們對爵士勳銜的敬重，是從小就被訓練下來，半點也馬虎不得。

而我第一次被Paul Smith驚豔，是他腳上的那雙紅色襪子，照片上的他髮長過耳，灰褐色的髮量出奇豐厚，表情看上去有點嚴肅，像個習慣思考的科學家多過設計師——偏偏他套在腳底下的襪子出賣了他。他穿著天安門紅的襪子，皮鞋擦得賊亮賊亮的，頸上還繞了一條芥末黃的圍巾，正威風凜凜地騎在單車上，髮尾微微被風揚起，而漾在他身上的陽光，亮度剛剛好。也因此，相較於一出場背後就暗暗揚起暗黑哥德風的Hedi Slimane，或者一出手就把玩世不恭的高街時尚巧妙地捲進殿堂級時尚名牌的Virgil Abloh，我特別高興在Paul Smith風和日麗的設計裡，看見他像個頑皮又好玩的孩子，將表現主義的夢幻色彩，把玩得興味盎然，而且輕巧地開闢出男裝風潮令人賞心悅目的玩味性，實在值得讓總是渴求在品味上獨樹一幟的摩登紳士，一路追捕一路隨從，好讓他們的衣櫃一打開來，就有撲鼻的後花園芳香。

尤其是，我到底也是個偶爾會讀上幾行詩的人，如果男人可以因爲波特萊爾的一首詩而改變他的一生，那麼男人更一樣可以理直氣壯地，爲了保羅・史密斯的一套西裝一件襯衫或一雙鞋子一個手袋而扭轉他原本意興闌珊的下半生——詩人有權利不去解釋他的詩歌，時裝設計師亦同樣的可以拒絕爲他的設計公開解讀。而聽說年輕的時候也愛寫幾首詩的Paul Smith，很多時候，他的設計給我的感覺就好像是一首絲絨般特別光滑特別明亮的詩，十分講究音律和節奏，並且對於男士服飾上的細節描寫，彷彿隨身帶著坐在戲院包廂裡觀看歌劇時使用的小型望遠鏡般，檢視得特別認眞特別仔細，無論是從時尚感或眞實性切入，他在意象的營造和實踐上，都同樣的生氣蓬勃，也都同樣的細膩明媚。

最讓我刮目相看的是，Paul Smith 從來就不擅長給自己製造所謂名牌設計師應該散發的高深莫測的神祕氛圍。他其實更像個手腕圓滑、眉眼伶俐、頭腦精明，但又不失心意懇切，以美學技能謀生的匠人。第一次見他，明明見他正忙著給其他歐洲國家的時尚媒體溫習一遍新一季設計概念，但他還是可以在百忙之中抬起頭，遞上一個溫善的眼神，先將我給安頓下來，然後在正式引薦之後，頭一句話就是促狹地瞄了一眼我周身的黑，「不行不行，那怎麼行，你還這麼年輕，不應該穿得這麼沉悶這麼素。」而我當下確實給逗樂了，因爲太久沒有被這麼樣明目張膽地恭維過，雖然知道這純粹只是一句場面話，但因爲他是 Paul Smith，我倒是十分樂意享受他攬在我肩膀上的手掌，力道適度地在拍照的時候緊了一緊，表示出他眞心想交個朋友的誠意。通過十七分鐘的交談，年過七旬的 Paul Smith 十分堅持，在他的概念當中：「老」是一個錯別字，必須立刻被謹愼而嚴厲地訂正。而時尚是什麼？時尚本身就是件鋌而走險的事，必須不斷蠻橫地和譁衆取寵的潮流角力，也必須不斷親暱地和意態風流的創意串謀，才能如期交出一年兩場大秀所展示的數百件新裝。

而我沒有記錯的是，縱然舉案齊眉，Paul Smith終究還是有著他的意難平。他好幾次用雙手搓著臉感嘆，如果命運待他厚道一些，他也許就成了史上最有時尚觸覺的奧林匹克單車手了。他甚至笑著說，瞧，我都七十好幾了，可到現在還沒有一種單車花式可以難得倒我。如果不是因爲年少時的一場車禍，差點把他的命都給丟了，以致後來有好長一陣子幾乎把腿傷得連路都沒有辦法好好走，他這才認了命，把企望成爲一名風馳電擊的職業單車手的第一志願給擱置下來——

而這也是爲什麼，每次到不同的城市辦秀，他總是喜歡穿上西裝，結上領帶，有時候甚至還繞了一圈鮮色的頸巾，抽空在他第一次探訪的城市，開心地踩上幾圈單車。這其實就好像有些設計師習慣用米其林餐廳或名人聚集的火紅夜店去記認一座城市，Paul Smith則完全省略這一層矜貴的矯情，他會試探有沒有可能幫他弄一輛共享單車，然後他就會像個孩子似的，歡天喜地踩著單車到他愛看的景點去逛，去蹭幾頓當地的小食，以及去重溫他那一直都沒有被遺棄的，但也沒有辦法被圓滿的初衷。

至於對Paul Smith的設計師品格有著決定性意義的，是他圓融如春天的親和力。他異常重視顧客們的感受，而且他賣的，不是設計師和粉絲之間的距離感，而是對時尚的

愉悅體驗。偶爾聽英國朋友提起，要見Paul Smith不難，只要他人在英國，就會不定期在周六「快閃」，出現在Notting Hill的專賣店，神清氣爽地向顧客們問好，然後一手端著黑咖啡，一邊和顧客們坐下來，像個親切而客氣的鄰居，一起詛咒英國天氣，一起痛罵世界經濟。

我常在想，史密斯爵士眞正的設計意圖是什麼呢？他的野心恐怕從來沒有膨脹到希望有朝一日可以把自己的名字發展成一個壟斷市場的時尚集團，而他的設計的意義，其實和班雅明的書寫原意有太多的相似：他們都不過分在意創作模式，他們也不激烈標籤個人風格；班雅明用句子和段落傳達他的哲學理論，而Paul Smith則習慣把自己的體驗作爲思考內容，並且通過他的設計隱喻，建構成他品牌裡頭的寓言世界——比如一隻蹦跳的兔子，比如繽紛的重疊的愉悅的色彩，比如將絲緞混進羊毛裡，然後聚合出一個精神的整體，對時裝的未來作出最大膽的展望，在打破設計常規，轉換創意思維的同時，Paul Smith向來讓人神往的內核精神卻絲毫不被動搖。我喜歡Paul Smith的設計，部分原由是因爲他不屑在設計上故弄玄虛，常常一高興就把五顏六色朝天揚開來，有一種活潑潑的喜氣，讓殿堂底下追隨他的人，卽便面臨舊時代時尚帝國卽將崩盤，還是可以感應得到他所釋放的不單單只是華麗而已。

另外，Paul Smith是個懂得尊重愛情的男人，他在某種程度上特別依賴妻子，而且妻子對他的庇護和付出，更是讓人感動，她不但是Paul Smith的裁縫師，也是他的繪版師，剛剛創業的時候，她一筆一劃，仔細地爲Paul Smith的設計手稿，而這個畢業自英國畫家藝術學院，喜歡搖滾樂的女人，如果不是因爲愛，她應該不會耽誤自己的未來而一直選擇躲到 Paul Smith 身後，因此 Paul Smith 老是打趣，他的妻子有個搖滾巨星的名字，叫做 Pauline Denyer，將她擺在自己身邊著實是委屈她了，她其實應該是顆閃亮的搖滾巨星。

後來聽說，原來 Paul Smith 的搖滾品味很英倫，他喜歡 Bob Dylan，喜歡 David Bowie，也喜歡 Patti Smith，都是背後的故事隨手抓一把就能夠拍成自傳電影的歌手，他尤其喜歡徐徐的像對朋友傾訴生活上的麻煩事和快樂時刻的藍調爵士，有一次蘋果找上他，希望可以和他合作一項「時裝品牌和蘋果音樂專屬頻道」，他聽了就很高興地一邊把香煙滅了一邊追問：「你們的意思是會把我和我喜歡的歌手擺在一起嗎？」完全忘記了他本身就是英國國寶級時裝設計大師，反而迫不及待地讓自己回到一個粉絲的位置上，把那種說不清楚的快樂再重溫一遍——重溫當他還是騎在單車上的少年，夢想很嫩也很眞的那個時候，憂愁是遠的，是遠得掛在樹梢上可以裝做看不見的；而快樂是近的，是近得握在冒汗的手心裡等待塞給昨天才喜歡上的那個女孩的。

輯三

浮

阿城

Ah Cheng

無問西東話阿城

阿城經常偏頭痛。偏頭痛的痛，是個你實在拿它沒輒，並且要命地固執的一種痛。阿城向來都是左邊的頭顱彷彿被轟炸機對準著開槍掃射似的痛，而右邊則往往一片山明水秀，益發顯得左側的頭特別的痛。但醫生每次都告訴阿城，「偏頭痛是一種幻覺，吃些阿斯匹靈吧，如果你覺得有幫助的話」，十分客氣地表明態度，不打算對阿城的偏頭痛作任何更進一步的治療。

而阿城的偏頭痛已經痛了二十多年了，先前有一陣子奇跡似的暫時不痛了，阿城卻突然覺得日子有點兒慌了，忍不住想要它狠狠地再痛一次，因爲只有這樣，才能牢牢記住偏頭痛痛起來是怎麼樣一種痛不欲生的感覺，也才能分辨得出偏頭痛不發作的時候，原來生活竟可以如此輕盈曼妙。只可惜那痛，最後還是痛回來了——並且依然是左側隱隱作痛，也因此令阿城特別懊惱，他說，如果下輩子頭還痛的話，能不能換換右邊痛，因爲左邊都已經快痛上一輩子了。

所以我風風火火，眞正喜歡上阿城是從他的偏頭痛開始的——我特別著迷的是，從阿城文字裡爆裂開來，樸實而飽滿的世俗之氣，幾乎他寫的每一個場景、每一段對話，都可以讓他的好朋友「老謀子」拍進電影裡去。就好像第一次讀阿城的《棋王・樹王・

孩子王》，當場瞠目結舌，如遭電殛，咬定他這一趟橫空出世，根本就是將一把火擲進中國小說的樹林，讓它燒成焦芭，以致往後好長一段日子，都沒能再長得如此繁密茂盛。到後來吧，我乾脆將他寫的《威尼斯日記》，反反覆覆、來來回回地讀，並且久讀之下，讀成了我自己的日記，往往稿子寫得不甚順心的時候，總要找出來翻上幾頁，方才略微提得住氣往前寫下去。

而阿城的文字，終究少了董橋的清貴，相對之下也就少了過分斟酌的嬌氣，以及過度華麗的壓迫之感。董橋說，他的每一篇稿件，至少要修個七、八遍才放心寄出去，但阿城不同，阿城老是調皮地說，好文章實在不必好句子連著好句子一路好下去，中間總得穿插一些傻傻笨笨、或偶爾不太通順的句子，這樣子才能讓突然靈光一現的好句子震動整篇文章，阿城說——太過雕欄玉砌的文字，有時候還眞讓人讀得有點不耐煩。

可見阿城不是董橋。也幸好阿城不是董橋。董橋來的時候，滿城盡擺「董公」駕，那些平素深居簡出的讀書人，突然都傾巢而出，說是瞻仰董公的老英國紳士風派也罷，說是沾沾自喜，以南洋華裔既神祕又曖昧的身分湊一份文化興頭也罷，著實熱熱鬧鬧了好幾天。但董橋最犀利的魅力，到底是在他的字裡行間，連他自己也說，「把作家架到台上去演講是件很殘忍的事」，言下之意，作家還是應當老老實實躲在書房裡，適當地與世隔絕、適當地對高科技不領情才是正經。

但這話擱到阿城頭上，卻恐怕不能成立——阿城要命的健談，從修復明清家具、組裝老爺跑車、專司鋼琴調音、到浸泡黃豆磨漿，他都能兵來將擋，水來土掩，意猶未盡地侃侃而談；一般該懂和不該懂的，他都懂；他連伸對筷子探進鍋裡夾塊顫巍巍的紅燒豬肉送進嘴裡，都能信口說出一大篇《紅樓夢》的豪門夜宴和《水滸傳》的荒人野食，而且他到今天還嘲諷，英國人老認為當面品評食物的味道是件很不紳士很沒有品德的事，所以英國的食物才會一路難吃到現在，甚至還會一路難吃到將來——難怪連王朔都說，阿城不是人，他是精。北京每幾十年就會把一個人養成精，而最近這幾十年，阿城就是這一個精。

這恐怕是眞的。阿城什麼都精。他懂歌劇，一說到那兒有歌劇公演，他馬上披衣而起，一手抓起香煙錢包門匙，奪門而出。我記得他寫過，年輕時候在北京，遇上帕華洛帝難得到北京演出，他手裡緊緊揑著幾張腌臢的鈔票，在場外轉來轉去，終於給他搶到一張八十塊錢的黑市票，樂得什麼似的，飛奔進場，完全忘記了那可是他當時賺下來的三個月的工資。後來他到威尼斯，住在「火鳥」歌劇院後面的旅館，下午可以聽到樂師調琴和歌手練唱，霎時之間他好像被回憶兜面揮上一拳，千百般滋味，都一起湧上心頭。後來我到威尼斯，住到一家一推開窗戶就見到一條窄河在底下娓娓蕩開來的旅館，午間睡飽了出門，穿過一條又一條的石橋尋幽探密，然後也在錯綜複雜的巷道裡豎起耳朵，一心以爲可以聽見阿城說的，女中音總愛把聲線故意壓低來練唱的聲音，因爲她們特別享受在演出現場突然把聲音放開飆高時全場掌聲如雷幾近暴動的虛榮心。

如果說我對木心是傾之於心，那我對阿城絕對是傾之於情，因爲木心的文字是一種境界，而阿城的文字則是一幅實景，是可以拍進電影裡頭，也可以順手推門走進去，有一種撲面而來的，灶房裡的火塘正劈里啪啦燒著柴炭的人間煙火氣——我特別傾情於阿城身上生猛的生活氣息，和人文沒啥關係，就只是通世俗接地氣，也許正因爲他不是董橋，不見得樂意一生都耽溺於淘古書收字畫，所以我尤其記得阿城形容過他自己，只要吃得飽，他到哪都可以安身立命，把日子活得花樣百出，不驕不矜不遛心機，跟誰都能混到一堆兒去，常常和山南水北的朋友們，一碰面就把酒糟鼻子喝得通紅通紅的。

就連出了名不好相宜的陳丹青，也跟他交情匪淺，而除了懂電影懂攝影，音樂阿城

也是懂得的。有一年陳丹青到加州去，住到了阿城家裡，午後睡了很酣的一覺醒來，聽見屋子裡有顆粒分明的鋼琴聲叮叮咚咚，循著琴音尋過去，才發現原來是阿城在隔壁房間聽柴可夫斯基，結果連陳丹青也很驚訝，原來阿城聽音樂的品味這麼的雅，並且又雅得這麼的不事張揚，後來阿城還把那片音碟送了給陳丹青，因爲他剛巧給自己買了另一片，他告訴陳丹青，聽到喜歡的音樂，他會打冷顫，會起冷痱子，這點和姜文很像，姜文也會這樣，聽到某段喜歡的音樂，會起雞皮疙瘩，會連激素都竄上來，而且體內的分泌開始有了變化，所以姜文每次拍戲，都一定要找到

和那戲對得上的音樂，好讓他緊緊咬住那種感覺，把戲連綿跌宕地拍下去。

實際上中國小說家很多都是說故事的高手，都懂得怎麼把故事一方面說得翻江倒海，一方面說得穿腸破肚，而讀阿城讀得特別暢快的地方是，他太明白要把小說寫得好，首先要結結實實地摞起衣袖把生活過得好，所以阿城寫的故事淡而深沉，在大亂中藏著小靜，也深諳在混亂與荒謬的時局當中，二話不說，就率先埋下頭在文字上給大夥栽上滿滿一秧池的希望——我唯一對阿城皺眉頭的是，他可以奮不顧身替侯孝賢的《刺客聶隱娘》寫劇本，前後易稿易了卅七次，甚至早期還可以爲侯孝賢拍的《海上花》當美術指導，書寫產量卻離奇地精罕，一字千金，卽便千金也未必肯寫。

早前，有人誤把阿城當作木心的入門弟子，阿城知道了，據說還專門寫了一篇措辭委婉的文字去申明原委，倒是叫我讀了禁不住莞然一笑，猜測阿城一是不想叨木心的光，二是不想因爲叨了木心的光而滅掉自己原有的光。賞識一個人的文字，和複製一個人的文字，終究是兩回事。他只肯說，他是因木心驚爲天人的文采和學養而相識，隨卽將木心的書複印下來寄給朋友，那時候阿城還記得，美國複印店收的是兩毫五美金一頁吶，他的那個慷慨勁兒，終究其實，不過是對文字有一種傳教士式的固執和虔誠。

此外，阿城是餓過來的人，那些沒吃過飢餓的苦的，實在沒有辦法想像阿城讓人驚豔的廚藝天分和美食根基，都是挨餓的時候憑空想像出來的。阿城寫過，為了招待朋友，在威尼斯他偶爾也會做菜，因為島上唯一的中餐館，那菜式之敷衍，以及那廚藝之狼狽，常常讓稍微懂得中國菜的人苦笑著嚥下去。所以有朋友來看阿城，他興致一高，就會做湯麵和豆腐請大家吃，而且那招式一點也不馬虎，威尼斯雖然沒有香油和冬菜，可他還是有辦法用橄欖油作湯底，做出一碗似模似樣的陽春湯麵，並且還切了幾片培根鋪在鍋底煎豆腐，雖然豆腐常常煎出來有點太硬了，可只要在上面澆點義大利人愛吃的番茄醬，那些洋客人們還是吃得鼻子冒汗，簌簌作響。我不擅廚事，但也知道寫文章某程度上和做菜相似，要懂得就地取材，更要懂得隨「材」應變，這樣章法才能曲折奇特，也才能在儉樸之中，起得鋪張，收得乾淨，功藝畢露。

顧城

Gu Cheng

可惜顧城不跳舞

可惜顧城不跳舞，要不然我猜，他一定會把他的詩歌吟誦，安排在一排排墓碑整齊而肅穆的墓園裡——

而第一次讀顧城和每一次讀顧城，顧城老是給我一種感覺：他和死亡靠得很近很近，近得可以聽見彼此的呼吸，也近得讓人吃驚，原來他一直和死亡保持著這麼友好的關係。尤其是，他的詩就好像丟空在荒原的一棟沒有煙囪的屋子，終日籠罩在薄薄的、靛藍色的霧裡，朦朦朧朧，但質地通透，光感迤邐，很純淨，但也很神祕，用他那孩子一樣的語調和視線，悄悄刺穿這個世界的另一個面向。

曾經我對一位寫詩的朋友說，詩人屬靈，顧城其實是一名巫師，他只要在詩句裡灑下幾顆穀米，就可以把我們所有破滅掉的回憶統統召喚回來。並且我和顧城一樣相信，所有如騙局一樣讓人著迷的人生際遇，以及所有如蜜糖一樣粘稠但荒唐的遠大夢想，到最後，死亡只需要抿著嘴巴，用一條冷漠的破折號，就足於擊垮你翻山越嶺、橫衝直撞，窮盡一生爲自己搜集的人生印記。

實際上，我並沒有特別水深火熱地喜歡顧城的詩句，我喜歡的，是他那沒有段落的、不經鋪陳、隨時飛出一個即興的句子的人生，以及在他的詩裡面側著身，像穿越一座狹窄的森林墓園那樣，穿越自己和自己過不去的過去。當然，最後顧城以那麼暴烈的方式向全世界還原愛的眞面目，終究還是不被鼓勵的。從他往謝燁身上揮過去的斧頭，到他往自己頸項套上去的繩索，顧城的愛，已經不單單是占有，而是在毀滅中同歸於盡。還好顧城是幸運的，他所處的時代，在很多層面上，西方人對東方人的複雜心理和絕烈的情感，已經培養出比較和善的同理心。顧城的爸爸顧工也是個詩人，接近二十年後提起舊事，只是頹然地說了一句，「那時候在紐西蘭大家都不認識誰是顧城，事情的眞相也沒有誰特別好奇去追究」——如果換作是今天，我很相信，社交媒體上的翻騰和渲染，顯然會將顧城和謝燁殘暴地用各自的手法再殺死一次。

然而結局再怎麼樣都好，我念念不忘的是北島提起過的顧城，說他是個膽小的動物，在陌生人面前，常常怕生怕得嘴脣泛白。有一次北島在北京的住所招呼朋友吃飯，大家擠在小小的廚房裡包餃子，留下顧城和北島新結識的朋友坐在小小的沙發上說話，顧城難得的口若懸河，大談紅色的「文革」，也大談他讀過的《昆蟲記》，但就是隻字不提他自己寫過的詩，而顧城的妻子謝燁一邊包著餃子，一邊讚許地望著顧城，眼眶裡滿滿的都是沸騰著的愛，幾乎把餃子投到她眼裡就可以煮熟了。而另外一個眞正疼愛顧城的人，是北島。後來辭退了漂泊的北島終於在香港安定下來，有一次王安憶去他家做客，他指著牆上掛著一幅字問王安憶，猜不猜得著是誰寫的，王安憶看著那力透紙背的「魚樂」兩個字，怎麼也猜不到，後來北島輕輕地說：「顧城。」

很多時候回顧顧城，都實實在在的覺得，他的確是少數長得特別好看的詩人，眉毛厚厚憨憨的，眼神永遠定格在他望著你的那一瞬、那一刻，看上去就和他寫的詩一樣，可以一眼穿透，完全不藏機心，多麼難得的清澈，又多麼難得的有著一種線條晴朗的溫和。因此我偶爾想起顧城，總是先想起他歡天喜地地戴著他最喜歡的，造型古怪，彷彿從舊牛仔褲的褲腿裁剪下來，牧羊人才會戴的煙囪似的布帽子，在紐西蘭綠草如茵的激流島上，和他心愛的孩子木耳，一起奔跑，一起嬉鬧，一起追逐，笑容乾淨得就像個孩子，很招人疼。雖然在身型上，他難免還是吃了點身爲東方人的虧，長得有點矮小，而且過於纖細，也太過孱弱，因此我難免遺憾，如果張國榮不是離開得早，顧城要是再拍成傳，他絕對是唯一可以在銀幕上行雲流水，讓顧城屍骨還原地再活上一次的人，張國榮雖曾推辭過演出顧城的邀請，但他應該沒有辦法不承認，在他倆身上，都閃爍著心照不宣的自我毀滅的靈氣美。尤其是顧城原來還挺喜歡拍照的，在他那個用照片復刻歲月的時代，顧城被沖印在每張照片上的神情，都燦若明星，都自負得像個「騎馬倚斜橋，滿樓紅袖招」的少年，他的人生雖然倉促，但他留下的遺憾，其實比許多人的圓滿更完整。

我記得顧城寫過，他和謝燁在紐西蘭住的地方是一座小小的紅色的木房子，四周空曠，常常風大得可以把屋外晾著的衣服和棉被都捲走，並且人煙罕及。顧城和謝燁不在了之後，紅房子恐怕也已經被茂密的樹林子給淹沒了。我記得他們當時的日子過得很窮很窮，顧城更因爲飢餓而長期處在動不動就驚慌失措的狀態當中，甚至愛鑽進樹林裡鍥而不捨地到處尋找可以充飢的果樹，甚至還因爲誤食來歷不明的野果而中毒，有一兩次難得有機會讓朋友請上一頓飯，他總是拚了命似的讓自己吃得很飽很飽，可以吃完正餐之後，再一口氣吃上七塊蛋糕而面不改色，因爲他實在不知道，他的下一頓飯會在哪裡，他並不介意把自己的身分從一名詩人退化成一隻動物，馬不停蹄地爲自己的胃囊囤積糧食。

當日子愈過愈艱難，感情也就變得愈來愈奢侈，所有的愛與情，也都漸漸的入不敷出，疲態盡露。顧城在紐西蘭的最後一個冬天，聽說依舊買不起木材，都是用紙張生火

驅寒。至於那所小小的紅色的木房子，感覺上就和顧城一樣，悵悵惘惘的，就只開上一個窗口，窗口裡面的世界有時候很大、有時候又很小，並且都強烈地指向顧城深不見底的內心。顧城是個詩人，詩人最強大的地方，就是可以駕馭最浩瀚的孤獨感，顧城顯然也是。他喜歡乾淨而莊嚴的設計，他雖然無時無刻不對生命表示懷疑，但他對物體的美，比如一顆蘑菇，一把斧頭，一截樹枝，一線冬陽，卻懷著絕對的敬仰，他需要莊嚴的生活秩序和亮的人生目的，來平衡他不想被節制的澎湃詩意——可惜在刁鑽的命運面前，以及在控制不住的崩潰的情緒底下，他窮得買不起任何祭品來向上天借貸一小段卑微而原始的靜好歲月，也窮得只剩下等待被殺死的他自己，以及一場他自己沒有辦法參與的，顧城的葬禮。

北島

Bei Dao

如果你是條船就請別靠岸

都說北島長得高。長得高的男人，年輕的時候總是特別拘謹，長長的手腳，都不懂得該往哪兒藏才好，尤其是站在同學堆裡，老顯得自己成熟得太早。而恐怕要到很後來，北島這才訕訕地明白下來，腿長腳長，原來是爲著給他方便，好讓他往後不斷地顛簸流亡、不斷地在陌生的機場拉著行李箱疾步奔走的時候，可以比旁人稍稍走快兩步，然後心裡頭七上八落的，和冷著臉久候在機場外邊，準備接手他人生下一個章節，彼此素昧平生的命運碰頭會面，實際上他基本的生活結構，根本就是建立在不可預期的出發和抵達之間，他一點都不會在意途經什麼地方，朝向哪一個方向。

後來吧，聽說北島有好長、好長一陣子處於極度的焦慮與不安當中，不說話，不見人，眼神盡是一大片灰濛濛的遭受打擊之後的屈膝與驚嚇——中風之後，他的語言能力嚴重受損，醫生跟他作了檢驗，說大概只保留了百分之三十。我可以想像，北島那一張一直都鬱鬱寡歡的長長的臉，那時候看上去，會是多麼的沮喪和絕望。而香港的作家朋友們，隨後更熱心地安排了語言學家給他進行另一次考試，出來的結果也十分不樂觀，對於一個一輩子以文字闖蕩江湖的人來說，不能夠寫字了，也就等於命運不留情面把他推到懸崖底下去了，雖然他還是強裝幽默地說：「看來，好像就只有送披薩的工作適合我了。」

然後家人把紙筆遞給他，希望他可以振作起來，就算草草寫幾個湊不成章的字句總也是好的。意外的是，北島舉起筆，墨汁輕巧地滴落在紙上，暈開來的墨點看上去意外的好看，竟因此讓一個從來沒有和畫有過任何勾結的人，安安靜靜地坐下來，一點一滴、一色一筆，把埋在心井裡的話，讓線條開口替他說出來。好些時候，那些憂愁的聚散和依附，文字說不清楚的，落在畫裡頭反而一目了然。因此即便後來身體恢復了，北島也並沒有把畫給擱下來，一個習慣了漂泊的人，通常都會潛入字裡和畫裡尋找安全感，北島就曾斬釘截鐵地說過：「如果你是條船，漂泊就是你的命運，可別靠岸。」

而我喜歡北島，不單純因爲他對顧城好，也不單純因爲他香港的住家，到現在還靜靜地掛著一張顧城的字畫不受時間打擾。而是他寫的詩明明怎麼樣都沒有可能比顧城寫的剔透飛揚，也明明怎麼樣都寫得太過掂斤估兩，並且詩句裡頭的意象很多時候都太過窗明几淨，沒有所謂的「字」破天驚，但他在句子和句子的銜接之間，對文字所表現的畢恭畢敬的，卻始終是我喜歡的——特別是北島的散文，那一份胸有成竹的「散」，不急不緩，把顛簸破碎的故事說得迢迢如春曉，總是有辦法讓讀的人把走散了的心收回

來，閒閒舒舒，把調弄文字的功架，在最不著眼的地方，輕輕地使上一點兒勁。

因此我讀得最勤的其實是北島的雜記——不要雜技，沉湎的，和氣的雜記，讀起來就像難得遇上久未碰面的老朋友，雲淡淡風輕輕地跟你訴說他經歷過的風蒼雨茫，而你必須等到彼此擁抱道別之後，一個人把車開上高架公路，才敢讓你的心疼冒上眼眶，然後一路開車一路發現，兩旁的路燈怎麼都一盞盞的歪歪曲曲起來？北島某次對訪問他的文學編輯說，散文再怎麼說都比詩踏實，很多時候是對生活的重新體驗，那些文章裡的苦啊樂啊，其實並不那麼重要，因爲誰都得通過孤獨的體驗，才算完成最初階的修行，而在漂泊和流亡之間交替行走的詩人，文字有時候就好像際遇，沒有走到絕處，又怎麼逢生？

因此我尤其喜歡北島寫巴黎龐畢度附近的威尼斯街七號，他在那裡常常半夜給附近小酒吧的酒鬼大呼小叫地吵醒，然後一周三天，規定到附近的溫州街買菜、買魚麵、買青島啤酒，買一些垂手可得的價廉物美的鄉愁，並且從他住的窗口把頭往外一探，就可以看見當時龐畢度剛剛安裝的巨大的電視螢幕，而巴黎——北島說，那是他第一個被流放的城市，也是他一抵步就感覺特別鄉愁撲鼻的城市，因爲在他抵達巴黎之前，他對巴黎詭異的懷抱著的鄉愁，其實已經枝椏茂盛，就只等著收成而已。就算貝聿銘離開了，聖母院失火了，但巴黎照舊巴黎，雖然北島似乎不怎麼喜歡貝老爲羅浮宮設計的玻璃金字塔，覺得它有點兒浮誇，可作爲一個不那麼故作高深的人，我特別喜歡夜裡站到玻璃金字塔投射出來的幽暗的藍光底下，甚至有那麼一次，我的幻聽症又發作了，我彷彿聽見玻璃金字塔內傳來杯盤和酒杯碰撞的聲音，而且還認得出來，那應該是專爲海明威而設的巴黎的流動的饗宴就將開席了。

另外還有紐約，北島第一次從倫敦過紐約，夜裡隔著東河昂起頭觀望曼哈頓的摩天大樓，燈火璀璨，景色堂皇，感覺紐約果真是紐約，氣派實在非凡，結果第二天乘地鐵進城，看見原形畢露的紐約，他差點沒灰頭土臉地被滿街滿巷的尿騷味熏得暈了過去，倒是卡在高樓大廈之間的紐約的月亮，即便就只看得見那半邊兒臉，到底還是比張愛玲看到的三十年前的中國的月亮大得太多太多。而離開紐約回到北京之後，北島最懷念的，是隨時冒著滾滾熱氣的地下煙囪，以及二十四小時漫天價響的警笛聲，他說，沒有了它們，紐約也就不紐約了。

作爲一個專業的流浪者，我老是猜想，北島大抵是藉著流亡詩人這一個身分，圓滿了他文字上欣欣向榮的孤寂感。依我的理解，孤寂和寂寞到底不同，寂寞還可以在必要的時候打醒精神和陌生人聲色調情，但孤寂不行，孤寂只適合沉潛，並且目標一定要是深不見底的、滅了一切聲音的海底。我想起北島在布拉格和蘇珊・桑塔格會面，晚飯之後，北島建議兩個惺惺相惜的人再去喝個兩杯如何，蘇珊答應了，然後一路走一路側過頭和北島談起她那讀歷史系的兒子，而北島則把他在美國念書並且正面對青少年叛逆問題的女兒田田帶進話題。這畫面光是想像就覺得美。兩個心事重重的寫字的人，兩個都是我眞心喜愛的人，他們手裡個別夾著愈燒愈短的香煙，然後一齊從酒吧望出去，看見布拉格的夜晚不斷眨著眼睛和遊客調情，但在他們的啤酒杯上泛開的泡沫裡，其實有著太多他們對生命的無能爲力，以及太多他們趕不及與對方相濡以沫的陌生人相遇。

蘇珊・桑塔格說，她也很喜歡北島的散文，說他文字的某個部分藏有很幽深的禪意。而我喜歡北島的散文，是因爲常常一讀開來，就讓我聯想起客途異鄉一張鋪好的床褥，溫暖而寬厚，可以包容路程上所有的戰戰兢兢和委曲求全，如果不是他的詩人形象太過招搖彰顯，他其實早應該在莫言之前就憑他的散文奪走諾貝爾文學獎，因爲他本來就是諾貝爾文學獎賠率榜上經常的上榜者，一直徘徊在熱門排名的第十一位，甚至有好幾次，據說比村上春樹更獲得某些評審的青睞。但生活從來不缺不圓滿。北島自己不是寫過嗎？「杯子碰到了一起，都是夢碎的聲音。」所以北島形容他自己，在人生的客途上，他是個經常魂不守舍，經常迷路的詩人，總是一次又一次押錯了輸贏的賭注，也總是一次又一次拐錯了命運的出口。

我隱約記得，卡爾維諾說過，所謂的閱讀，不過是邁向將要發生的事，它很可能是一件還沒有呈現、尚未存在、甚至也還不確定會不會發生——但書寫者卻不一樣，就好像北島寫他自己，是把發生過的事情和心情再消耗一次，讀的人也許草率、也許敏銳、也許根本不屑一顧，對他來說，「字」過境遷，終究是過去了的事，而他不斷地出席筆會，不斷地參加詩歌朗誦會，不斷地申請獎學金和支援金，更不斷地希望可以贏得文學獎項，不過是希望利用獎金來穩定自己的經濟狀況——當我們總是藉書寫者寫出來的和被發表的文字，去衡量另外一些不存在的，無關物質，並且肉眼在表面上沒有辦法察覺，只能依靠想像去揣摩的世界的時候，其實，我們並不知道有些作者的書寫，單純是爲了掰開手指頭預算自己的生計和經濟實力，看看有沒有辦法把妻小都接出來一起住而已。而這，其實就是所謂「詩與惡的距離」，在這距離中間，間隔著兩顆居心叵測的開關引號，至於陷在開關引號裡頭的，可能是一座諾貝爾文學獎的殿堂，也可能是搖搖晃晃、朦朦朧朧，沒有辦法光明磊落地往前直走的一條虛線。

許廣平

Xu Guangping

愛的苦行僧

老思量著把許廣平再寫一次。特別是歲月已經走到荒山野水的時候，觸目的盡是瘡痍的往事，許廣平的愛情，掂在手心上，像一塊陰山上的礪石，感覺格外的勵志。可如果單純地作爲一個女人，許廣平的人生啊經歷啊，其實沒有一樣不是乏善可陳的，直至她的愛情第一現場出現了魯迅，豁然變身爲一個肯讓魯迅放下硬朗的身段，親暱地稱呼她爲「我的小刺猬」的女人，她的人生立時三刻就姿色爛漫起來——

而作家的運命與生活，尤其是在魯迅那個時代的作家，都是動蕩浮沉，沒有一日安定的。我總記得魯迅氣魄十足地說過，「橫眉冷對千夫指，俯首甘爲孺子牛」，到後來想仔細了，如果把這句話的格局收緊一些，魯迅其實是因爲帶著他的學生許廣平到上海同居而「冷對千夫指」，也著實因爲疼愛中年得子的海嬰而「甘爲孺子牛」。偏偏愛情很奇怪，愈是被干預和愈是被針對的，到後來審美性和可感性就愈強。

提起母親爲他訂的婚事和娶進門的原配朱安，魯迅幾乎是連正眼也不看的，婚後第三天，就帶著弟弟周作人飛去了日本，並且僅對好友許壽裳擱下一句，「她是母親給我的一件禮物，我只能好好供養她，但愛情是我所不知道的。」因此眞正讓魯迅見識愛情的是許廣平，並且是許廣平教會了魯迅對愛情的態度和做學問一樣，必須不折不撓，必須剛正不阿，才能飽滿精進。

尤其那個時候，民風是多麼的保守，情愛是多麼的脆弱，再怎麼大方的百姓，也沒有辦法對這一段師生戀獻上完整的祝福，也根本理解不來一段挑戰倫理的愛情的可行性和必要性，是許廣平的勇敢，激蕩出這一段愛情的可能。那時在課堂上，她老是抬起純潔但灼熱的眼神，寸步不離地扣押在魯迅身上，並且主動給魯迅寫信，甚至質問給她回信的魯迅，爲什麼客套地稱呼她爲「先生」？她不喜歡這個稱呼，她更不想兩個人的關係落得如此生分。魯迅從逃避、掙扎、忌諱，到最終決定豁出去用自己顯赫的聲譽去賭一記愛情的小甜小蜜，結果他狠狠贏回來的，是許廣平剛烈如鐵的「十年共艱危，甘苦兩心知」。

當然愛情也是現實的。尤其是當兩個人的愛情必須被端放在道德的化驗桌上被檢驗和測試的時候。我特別欣賞許廣平的安然自若，即便旁人都唾棄她蠻橫地介入魯迅的婚姻，她照樣把腰板兒挺得直直的，臉上蕩著一抹隱約的自得的笑，她不是因爲知道自己勝券在握，而是因爲她知道她做對了什麼——所有被抓起來推出去然後讓人們去批判的愛情，一定是其中有一個人將自己豁出去了，又或者是兩個人都愛得太牢靠了，所以才

會遭遇社會的阻擾和刁難。

許廣平從來不把到頭來也就只能夠和魯迅陰陰暗暗地同居而沒有光光彩彩的名分當作一回事，當年和魯迅在一起，也不是不遭受過好些個委屈，初初兩人搬到上海同居，遇上有學生或學者上門拜訪，魯迅就會要求許廣平不要到樓下來，有那麼一兩次閃避不及，魯迅就告訴朋友說：「她是我學生，過來和我一起做研究的。」甚至魯迅難得把許廣平帶到杭州玩，晚上睡覺，魯迅還執意把一名男學生叫來，讓男學生睡在他們兩人中間，以避閒言和耳目。並且，因爲師生關係吧，許廣平和魯迅同居了十餘年，始終還是放不下魯迅是她的老師，在魯迅面前，處處敬畏，事事愼行。而這樣子也挺好。把一個特別值得敬仰的男人找來當成丈夫，日子很明顯的也就更加相敬如賓了。

後來一直到海嬰生了下來，許廣平因爲身子還弱，沒辦法起床替孩子洗浴，看見魯迅不肯假手傭人，放下紙筆，擼起衣袖燒開了水，然後在一隻小面盆裡盛上過半的溫水，一邊小心翼翼地托著海嬰的身體，親自爲孩子洗浴的那個時候，她就知道，作爲一個女人，她至少做對了一件事：爲自己爭取到了愛與被愛。如果因爲這份愛而終究需要賠上些什麼，她心底從來沒有不願意也從來沒有要退縮的，因此後來在最艱苦的受盡磨難的日子裡回憶起這一幕，所有的苦，對許廣平來說都是應當的，都是在所不辭的。

就好像魯迅離世後，日軍指她是抗日分子，寫過抗日文字，也參與過抗日組織出版刊物，被日本軍曹扣押進監牢，硬是要她供出同黨與友朋的住處和名字，她說什麼都寧死不從，不肯透露半點風聲和半個名字，日軍於是讓她脫光衣服受盡凌辱，甚至還威脅著要把她赤身露體地丟到南京東路去，最後更動用電刑，讓那股強勢的電流從電線接到馬蹄形的套在她手腕上的鐵圈，然後衝上腦神經，再竄遍全身，以致身上每一個細胞和大小神經都遭受到電的炙傷，通過血管，走進骨髓，全身痙攣，但她還是怎麼都不肯抖出認識的盟友以及刊物的負責人——

而即便在監獄裡整張臉被打腫了，大腿被馬靴踢得結成硬塊和瘀血，兩隻眼睛更青紫了一個多月，看上去猶如核桃一樣的大小，許廣平後來也只是淡淡地說：「其實那痛苦還不至於難以忍受，只不過難看些罷了。」實在讓人不得不欽佩她骨子裡如果不是因爲愛根本就支撐不下去的剛烈和堅毅。

受過電刑之後，許廣平全身的骨節都在疼痛，她蹲在囚籠的木柵欄內，想起魯迅寫的阿Q也曾被關進囚籠裡，而當時魯迅寫這一幕寫得這般眞切的時候，又怎麼會想到，在他死後，他心愛的人竟爲了他而被囚在監獄裡，和六七個男人被粗麻繩相連地縛綁著雙手像傀儡一樣牽著走？但最難熬的時候，許廣平也從來沒有想過「大不了用支斷筷子刺穿自己的喉嚨」。作爲魯迅的妻子，她必須扛得住「怎麼都要對得起魯迅」這份堅持，魯迅在許廣平心裡扎下的，已經不單單只是丈夫，而是一種精神，一種風骨，一種態度。

之後，許廣平還特地跑了一趟紹興，說是要去看看魯迅的故居，夜裡她在既生分又親暱的紹興街道上走，偶爾看見燈柱上貼著一張大字報，寫著「魯迅國民學校招生」，心裡忍不住一陣狂喜，知道自己的男人終究在家鄉受到一定的尊重，第二天一早卽滿心歡欣地沿街探問，逢人便打聽，但大多都說沒聽說過這學校的，後來有熟門熟路的人指出，學校就在路旁草坡上一塊不起眼的角落，已經改成「越王鎭塔子橋國民學校」，裡邊也在上著課了，許廣平聽了，心裡一片惶惶然，終於明白下來，以魯迅爲名的學校在內戰煽動的時候，上頭下令把魯迅學校的名字改掉，狠狠地一刀劃清界限，切斷魯迅和舊社會攀結的關係，而許廣平見到校舍裡面滿目青草，想起魯迅生前爲教育、爲改革，三番四次頂撞權勢，落得臨終之際，還得東躲西藏，歲月始終不得靜好，一時忍不住，站在紹興的街道上嗚嗚地哭起來，直替魯迅覺得委屈，卻不是感嘆自己的際遇不濟。

另外，魯迅嗜甜。南甜北鹹，南方人素來好甜食，因此魯迅飯後都喜歡嚼幾塊糖果或餅乾點心，就像洋人飯後愛用甜點漱口，因此許廣平記得，那時候飯後都會爲魯迅備幾塊甜食，讓他撿幾塊鍾意的擱在桌子角上，一邊坐在藤躺椅上靜靜地思考文章的紋理，一邊放進嘴裡慢慢咀嚼，而那一刻的時光，從許廣平的眼裡望過去是靜止的，但落在心裡卻是緩緩流動的，像電影裡的空鏡頭，連背後的音樂都可以省略下來，但又特別值得回味。

直至後來海嬰出世，那飯後的甜點時光還是在的，只是變得熙攘了，因爲海嬰老愛和父親擠在同一張椅子上，和父親爭吃甜食，而魯迅當然都讓著他，即便有時甜點都被孩子搶食了，他嘴巴裡苦澀，但心裡卻領受著那份甜。就好像臨大去之際，魯迅好幾次抬起眼來看許廣平，什麼也不說，替他揩手汗時，他則像個病中撒嬌的孩子，緊緊握著許廣平的手久久不肯放，而那些說不出口的，我一直在想，如果不是愛，那又是什麼？

蘇珊・桑塔格

Susan Sontag

最後一顆沒有被崩壞的星星

我喜歡道聽途說聽回來的蘇珊・桑塔格——特別是從北島那兒聽回來的蘇珊・桑塔格。因爲北島是個從頭到尾，徹徹底底，連影子也那麼安靜、那麼不愛說話的詩人，萬萬沒想到說起蘇珊・桑塔格，他竟忍不住擱下一句，「她脾氣好像不是太好。」我一聽，禁不住就笑開了。那當然了，世界這麼荒謬，蘇珊・桑塔格的脾氣又怎麼會好呢？那一年，北島是在布拉格的作家節和蘇珊・桑塔格見的面，她鐵青著臉從電視台回來，皺著眉頭劈口說了一句，「那麼多愚蠢的問題，眞的是折磨死人。」然後她轉過身問北島，「不是說好一起吃飯嗎？趕緊走吧，我餓壞了。」結果北島把蘇珊領到一家館子吃中國菜，飯局上，蘇珊胃口不壞，話也很多，吃喝得還挺愜意的——而我聽到兩人吃的是中國菜，馬上聯想起蘇珊和她兒子在美國的時候也經常到中餐館吃飯，兩個人顫巍巍地用筷子夾起搖搖欲墜的海參，然後戰戰兢兢地互相送入對方口中，而那畫面既詼諧又生動，如果畫了下來，絕對會是一幅溫馨的蘇珊家居圖，因爲蘇珊說過，兒子同時也是她最好的朋友，他們兩個人深入淺出，從遠到近，幾乎沒有什麼是不可以談的，「如果兒子不在身邊，我連朋友也沒有了。」

我記得北島也是。北島有個女兒叫田田，偶爾女兒把同學請回家裡聚會，北島是個過於殷勤的父親，會預先訂好壽司，並且準備了酒水鮮花和氣球，然後主動迴避，到相熟的詩人家裡過夜，間中每半個小時掛個電話過去，擔心孩子們沾上酒和毒品——這種父母親的不斷往孩子們身上灌注的愛，我常覺得，是清楚的、乾淨的、審慎的、強烈的，但也是同時兼具方向性和毀滅性的，因爲被引渡、被雕塑、被完成的永遠是孩子，而在一定程度上把自己的原生性格耗損和毀滅的，則永遠是父親和母親，而再強悍的性情、再尖銳的言論、再偏鋒的思考，都沒有辦法阻止蘇珊・桑塔格去成就自己的理想，成爲一位溫柔而體諒的母親。

因此當世界愈來愈荒謬的時候——我們總是不約而同地想念起蘇珊・桑塔格。想起她生命後期如何在曼哈頓的寓所接受訪問，想起她如何把一條腿擱在桌子上，以致座椅後仰，然後一邊喝著深不見底的黑咖啡，一邊對訪問她的人說，她兩年前把煙戒了——眼睛像深秋的星星，暗了又閃，閃了又暗。當然，那完全基於醫生的勸告和她自己的健康狀況。而她那間至少有一萬冊藏書的公寓，據說，客廳裡沒有家具，冰箱裡沒有糧食，只有數十幅皮拉內西的版畫——蘇珊・桑塔格是懂藝術的。

然後訪問她的人小心翼翼地告訴她，中文出版界的運作十分混亂，常常有來歷不明的翻版書籍在書店裡流竄——她聽了，一點動氣都沒有，輕輕地擺了擺手，並沒有因爲版權被侵犯而表現憤怒，反而抱歉自己並不是資本主義社會裡的一名好市民，她說，她當然很樂意獲得報酬，但她更在意的是，她寫的每一本書都可以在世界上的每一個角落被閱讀。

這就是最眞實的蘇珊・桑塔格。這也是我最欽佩的蘇珊・桑塔格。她一直都是她自己文學探險的繪測師，她不止一次說過，書，不是爲了出版而寫，而是爲了必須寫而寫，以及爲了被閱讀而寫。所以作爲一位最有影響力的作家，她懲罰自己的方式就是，她寫的書應當一本比一本好，如果達不到這個標準，那她寧可不再出版任何著作。

是的，你不可能不知道，蘇珊・桑塔格就是以她發出的獨特的聲音，獲得群衆熱烈的共鳴。早慧，不羈，神祕的人生閱歷。博學，宏觀，百變的創作角色。而她永遠跑在衆人的前頭，透過犀利精準，角度獨到，自成一格的批評文字，言人所不敢言——而這一切天衣無縫地組合起來，已經足於把蘇珊・桑塔格推譽爲美國知識界的良心，也足於讓她從一出道就成爲文化界傳誦爭譽的明星級人物。

當然，蘇珊・桑塔格也是絕對的波希米亞。她享受美食，她熱愛閱讀，她雖然有一點點憂鬱，但她絕對有讓自己快樂起來的權利和能力。我印象最深刻的是，蘇珊．桑塔格作爲一個蠻橫而武斷的唯美主義者，其實她對於自己的穿著並沒有特別的考究，老是黑衣黑褲，也老是披散著一頭蓬鬆的夾著灰白的黑色長髮，只有在天氣很好的時候，她才會興致高昂地穿上綠色的洛登外套，而且外套上一個袖口的接縫處已經開了線，她卻從來視而不見，並沒有馬上把線口縫上。

我記得，蘇珊．桑塔格曾經在一則訪問中提過，她剛剛到紐約時就對自己發誓，無論再多麼窮，也絕不乘搭公共交通——我其實並不明白爲什麼她特別討厭

公共交通，所以她每次走到街上，第一個動作就是舉起手臂召喚計程車。我並不確定，這會不會和她開創或發現了介於「高雅文化」與「流行文化」之間的「坎普文化」所引起的某種焦慮所做出的反射性動作？

但不管再怎麼樣，蘇珊．桑塔格始終還是活在土星的光環之下，值得被仰望，也值得被追尋。即便她頂著一頭標誌性的黑色長髮，中間夾著一綹灰白髮絲，只要她一開口說話，她還是一個永恆的知性典範，更何況她還有一雙炯炯有神的眼睛。我其實特別喜歡蘇珊．桑塔格的眼睛，冷靜而清冽，彷彿一把薄而利的劍，輕輕地就挑刺進生命最原初的根源。

而她其實是一個挺懂得給自己找樂趣的人，她最大的樂趣，不外是旅遊、看電影、吃中國菜——特別是到唐人街吃中國菜，當一片海參顫巍巍地吊在她或她兒子的筷子上晃蕩時，他們就會像個孩子似的，笑得格外開心。在某個層面上，她實際上是生活品質挺容易被滿足的一個人。

偶爾說到電影，蘇珊．桑塔格很喜歡侯孝賢，她喜歡侯孝賢慣用的靜態的長長的鏡頭底下，節奏慢得近乎靜止的鄉土台灣印象。她忽爾著迷於《悲情城市》的懸念，忽爾驚歎於《戀戀風塵》的淳樸。靜，其實最不容易。更何況侯孝賢的電影裡頭，最啄人的，就是那一片漫無止境的靜。而顯然的，同樣具有導演身分的蘇珊・桑塔格，在一九八六年出任夏威夷電影節的評委的時候，幫助過侯孝賢嶄露頭角的《童年往事》奪取大獎。

而在香港導演中，蘇珊・桑塔格對王家衛的印象不壞，她幾乎熟悉王家衛的所有作品，但並不代表她喜歡王家衛的所有作品，她挺喜歡有金城武有黎明有李嘉欣有楊采妮有莫文蔚的《墮落天使》，我猜她喜歡的應該是電影裡頭咄咄逼人的節奏感，以及每一個演員隔著銀幕都可以灼傷觀衆的青春。倒有點奇怪的是，她對梁朝偉和張國榮三番四次準備在布宜諾斯艾利斯大瀑布底下重新開始的《春光乍洩》表現出有點失望——蘇珊・桑塔格本質上是一個非常懂得肢解寂寞的人，也許正因爲如此，所以她才對王家衛電影裡頭的寂寞美學，和杜可風鏡頭底下的寂寞頻率，提出特別苛刻的要求。這是沒有辦法避免的。她一直都堅持於自己的美學審判與政治觀點，她的愛恨也從來都比一般人來得俐落分明，因爲她的名字不是一般的蘇珊，也不是單純的桑塔格，而是蘇珊・桑塔格。

海明威

Ernest Hemingway

海明威不住在巴黎

最後那幾年海明威是在古巴度過的。來到生命的最後一個冬天，他特別勤於散步，即使是冬天，也還是讓自己穿戴整齊，像個頑固的紳士，戴上貝雷帽，然後套上長度適中的長大衣，每天不斷地走進茂密而神祕的樹林裡，彷彿預先去看一看自己即將終老的地方。

那時候他應該再也寫不出一個句子來了。他是個誠實的文字獵人，獵的幾乎永遠都是他自己，所以當他老了，他寫的句子也老了，蹣跚了，枯萎了，不會再像以前那樣的好看了。但對海明威來說，一個作家的宿命，就好像他在諾貝爾得獎謝辭上強調的，「每一天的功課，就是面對永恆的存在，或，不存在」。其實他從一開始就知道，命運遞給他的那把鑰匙，總會有那麼一天，咔嚓一聲，那扇門突然就打不開了。

而到現在我還記得我第一次如雷轟頂般，被海明威的一個句子轟得整個人失魂落魄的場景：那一整個長長的下午，我呆坐在沙發上，渾渾噩噩，思考著原來將文字掰開來，其實背後還潛伏著一個作家和另一個作家的因果報應，因爲海明威說：「有些作家生來只是爲了幫助另一位作家寫出一個句子。」

這幾乎立卽讓我聯想起木心之於陳丹青；周作人之於胡蘭成；以及張愛玲之於王安

憶——他們之間的文字，多麼明顯地浮動著彼此切割不斷的因果循環。但如今，文字的天色已晚，誰也不會再爲誰寫的字魂牽夢縈。我們讀書，一半是因爲我們恐懼，恐懼被資訊和流行遺棄，另外一半，是我們焦慮，焦慮自己怎麼還摸不著穿越文字的門把。

倒是海明威，他一直以來的標誌性風格是徹底解放文字的結構，留下一大片的空白，讓文字本身形成一座空曠的適合呼吸的島嶼，然後袖起手，任由結實的情節自行在紙面上爬行，像一條體態優美的花豹，挪擺著又長又直的腰身，躲在陰鬱的亞熱帶樹林裡悄無聲息地，隨時準備以最高貴的姿態，向正在朗讀它的人們飛撲過去——

而其實年輕時候的海明威何嘗不是俊美得像一條花豹？據說，佩著槍支當軍人的海明威，劍眉星目，昂首闊步，舉手投足之間的弧度尤其強悍，每一次走上街區，莫說是女孩子們，就連小孩和狗都會被他吸引。一個長得太好看的男人，比地雷還要危險，因爲他的魅力就是他隨時可以掏出來抵在女人胸口上的武器。

更要命的是，海明威的危險絕對是相乘和加倍的，除了十八歲就開始在義大利軍隊前線當紅十字會救護車駕駛，他還當過軍人、獵人、漁夫、鬥牛士和拳擊手，看過和經歷過的那些罪孽深重的人生，理所當然地富饒了他字裡字外的內容，並且別忘記——他是個作家，坐下來把發生在他身上的故事，一字不漏都寫進他的小說裡去，根本就是天經地義的事。

就連他那最桀驁不馴的第三任妻子霍恩，當年和海明威一同在西班牙內戰時期以戰地記者的身分投奔中國時，也禁不住在自己的文章中提到，「海明威像隻羽毛漂亮、精力充沛、並且很會說故事的老鳥，被他吸引是很正常的事。所以如果可能的話，千萬不要讓他有機會喜歡上你，你會很難招架得住。」

這點我倒是相信的。我看過海明威一九一八年的證件照，那時候的他因爲年輕，眼神特別的清澈特別的乾淨，加上一管看上去好像對未來和對愛情都特別堅貞篤定的鼻梁，實在是英俊得太不像話，他們都說，怎麼長得那麼像拜倫啊？可海明威比拜倫好看的地方是，他有一股強烈的沒有完全被進化的動物般的屬性：野生的，原始的，粗獷的，同時更是雄性勃發的，即便在他最不修邊幅的日子，他站在哈瓦那如烤箱般的沙地上，赤紅著臉膛，橘紅色的夕陽使勁地壓蓋下來，落在他滿臉的落腮鬍、滿頭的繚亂頭髮和滿臉無處不在的滄桑，讓他看上去就像一張還沒有完成的肖像畫，你一看就知道這作品完成之後的氣勢將會是多麼的地動山搖。

也因此吧，海明威的風流從來都是順理成章的。他結過四次婚。從巴黎到美國佛羅里達，再從西班牙馬德里到古巴哈瓦那，他似乎沒有間斷過在不同女人的床頭上上落落，但他從來不會在同一個時間愛上超過一個女人，「這是對女人最基本的尊重」，他說。可見海明威不是不懂愛情，他只是不肯給愛情一塊牌坊和一個名分。我偶爾會想，心境上永無止境的單身，會不會是把一個作家成就得更偉大的合理方式？

而且我們必須承認，在愛情這玩意上，海明威的手氣特別的好，愛上他和被他愛上的女人，都在他某段高低起伏的人生際遇上，甘心走在他前頭，替他提著一盞明亮的燈——只可惜到了後來，筋疲力盡的文學戰士眼看著就快崩潰了，他因爲電療而失去性慾，對女人縱然有心也無能爲力，他對他養的一大群貓，尤其是其中一隻特別愛坐在他寫好的稿件上的名叫「大塊頭」的貓，比對和他一起生活過的女人還要溫柔。

不知道爲什麼，每次想起巴黎，就想起剛剛來到巴黎的海明威，那時他把自己活成一個沉默而詭異的修士，每天定時在同一家小咖啡館內伏案熬煉自己的風格，並且總是小心翼翼地克制自己不在文句上運用過多的形容詞，十分莊重地和文字搏鬥，也十分莊重地爲生活搏鬥，他說：「那時候和我同年紀的作家至少都寫出一本小說了，但我連一

小段都還沒有辦法寫出來。」

但那時候的海明威一點都不急著向讀者展現他的學問他的涵養他的家教和他的經歷，他有他自己駕馭文字的另一套，卽便從來沒有人認爲海明威是個詩人，但他寫的散文流竄著濃郁的詩的韻律，而他的小說卻簡潔有力，暗啞的情節中總飛閃著曙光，詞語中的孤寂狀態更清澈得像長期被河水沖洗過的石頭。

而我從來沒有忘記海明威說的，「假如你有幸年輕時在巴黎生活過，那麼你此後一生，不論去到哪裡，她都與你同在，因爲巴黎是一席流動的盛宴。」但海明威的前巴黎時代和後巴黎時代，顯然是兩段截然不同的時光。後來當海明威又一次輾轉地回到經過德國統領的巴黎，巴黎雖然還是二十年前的巴黎，但海明威已經不是當年書寫《旭日又東昇》的海明威了，他因爲沒有辦法突破自己而變得鬱悶而暴躁，但巴黎依然美麗如昔，像個不會老的情婦，只是不斷地更換著更年輕的情人，可海明威的生活卻已漸漸塞滿世俗之氣，不再爲自己設定任何的規矩和禁忌。

當然他又住進了麗茲酒店，並在酒店內當起獲得諾貝爾文學桂冠的老將軍和土皇帝，把三十一號貴賓房闢成他個人的文化沙龍，和其他作家們定期飲酒會面，間中還經常爲了小事動怒，有一次還一怒之下，打破酒店內的洗臉台，導致整間房間淹滿了水——也許生活本來就是這樣，沒有塵埃，就沒有辦法辯證空氣的存在，海明威也一樣。

萎縮了的海明威，生活過得異常散漫，不外是和電影明星吃吃飯，找拳擊冠軍交交手，然後時不時還會在夜總會打架鬧事，但他從來沒有忘記在巴黎某酒吧的天井會見書迷。晚年的海明威有個英雄遲暮的習慣，他總是樂而不疲地在家裡的浴室記錄自己的身體狀況，包括血壓、體重、心跳，猶如拳擊手正在爲即將來臨的比賽操練和準備，因爲他心裡比誰都清明，「海明威」並不住在巴黎，而是住在冬夜風雪呼嘯，木材劈啪作響，烈火熊熊吐焰的文字的壁爐裡。

輯四

雕

梵谷

Vincent van Gogh

梵谷你爲什麼不跳舞

梵谷不跳舞。他像個急性子的孩子，火車還沒完全停妥就率先跳了下來，然後氣急敗壞地低下頭往前走，一直走一直走一直走，總是那麼的焦慮，總是那麼的害怕拮据的生活和顚簸的運命不知什麼時候又平白無故地耍了他一記。我常在想，如果讓我在那金黃得猶如林火漫燒的玉米田裡遇見梵谷，我一定會將他攔下，然後問他：「梵谷你爲什麼不停下來跳個舞？」

而當然我知道，梵谷不會告訴我，他從不跳舞，是因爲他有先天性暈眩症，他害怕懸崖，害怕噪音，並且總是想盡辦法讓自己離海面離得遠遠的，害怕坐在細長的渺無人煙的岩岸邊俯瞰大海，這會讓他因爲害怕失足掉入海裡而產生暈眩——更何況，他的日子從來都腌臢卑微清苦，又何足高歌暢舞？

而當天晚上梵谷就給他弟弟寫了一封信。他問弟弟，還記得他那幅畫著黃色的玉米田和金色的陽光的習作嗎，畫裡頭遠遠的一個角落，特別加上了一個矮小的忙著收成的農民？他告訴弟弟，他終於解決了畫裡頭那一大片如海浪般撲將過來的黃色，他決定採用厚塗法，直接在畫布上將那一片黃色推開來，他要的是轟轟烈烈，會從畫裡跳出來咬人的純鉻黃——因此你如果稍微懂點畫，就知道梵谷的畫從不遵守任何系統和派別，從用色到筆觸，永遠都我行我素，他只單純地信奉想像力，他喜歡用不規律的手法擊打畫布，東潑一點，西抹一塊，並且特別喜愛被畫家們認爲禁忌的普羅士藍和檸檬黃，總覺得畫布上的顏色本來就應該愈強烈愈好，因爲他相信，最快被時間沖淡的，除了心田裡的愛情，還有畫布上的顏色。

我特別記得有一年我在阿姆斯特丹的機場圖書館翻著梵谷像咖啡桌那麼大本的畫冊，漸漸的在班機延誤的焦躁當中，把心給降伏了下來，整個人開始掉進他每一張畫的漩渦裡，並且想起每一張畫背後，其實都是一個憂鬱症病患努力克制病情說什麼都要把他質疑的生命給畫出來的滿滿的悲愴，他畫的每一朵向日葵，每一塊刺眼的驚濤拍岸式的黃色色塊，當時我們都忽略了，那也許就是他最含蓄的訊號，求救的訊號。我想起他說，他一個人在荒涼的曠野裡作畫，必須一邊用手按壓著帽子，一邊手忙腳亂地讓畫架牢牢地穩定在石頭之間，因爲曠野裡的風撒起野來，像個野性難馴的孩子，會把他的畫筆和顏料吹得七零八落——而且他窮，他說，他不畫，很多時候不是因爲他沒有題材可以畫，而是三十號的畫布和顏料都太貴，所以他只能避開油畫，只畫大量的素描，因爲素描不費錢，只要用一支切鵝毛筆的方式切出來的蘆葦桿就可以了，他還沾沾自喜地說，法國南部的蘆葦比起巴黎的蘆葦長得要粗壯多了，畫起來特別順手。

其實梵谷一點都不介意窮，他只想不必住在破爛的客棧，有一間自己的畫室，把高更邀過來，和他共用同一間畫室，自得其樂地安度餘生，那就已經心滿意足了。他甚至寫信給他的畫家朋友貝爾納的時候說過，他每天只需要四個法郎就可以過日子，有時四天只吃兩頓飯，間中吧，也需要服些草藥，幫助焦慮的自己鎮定下來。偶爾梵谷通過當藝術中介的弟弟把一兩張不具名的小畫給賣了出去，那他就可以給自己添杯好酒和一管煙草，算是給自己一小份打賞，而且他一向腸胃不好，必須很小心地呵護自己的消化系統，才有辦法吃得下硬餅乾和水煮蛋，而且他一向吃得比農民更像農民。

可我特別想說的是，那時代的畫家們啊，原來很多都是散文大家，比如梵谷，比如竇加，比如芙烈達，他們寫的信比畫溫柔許多，讀起來蕩氣迴腸的，像情書，一不小心就會成了第三者，掉進畫家們的感情圈套裡。我還記得梵谷寫信給他弟弟，描述他住的那家精神病院裡的小公園，有那麼幾叢凋零的玫瑰特別讓他不耐煩，因爲他正忙著專心一致地畫一掬深紫羅蘭色的土地，一顆發芽的玉米，一片橄欖園，一棵被雷電擊中劈成兩半的松樹，而不是一叢凋零的玫瑰，然後他說，要是他有好長一段時間不回信，那一定不是他不想針對他的畫進行過任何的討論，而是他必須控制他的病情，保持平靜的精神狀態，穩定地創作，只有穩定自己的情緒，和它和平共處，不讓它再鬧彆扭，那麼題材才會自己冒出來——他必須，他必須。

因此我忍不住好奇，平時看上去是那麼笨拙而寡言的梵谷，怎麼會在信裡展現出如此嫻熟的溫柔？他也常常寫信給他的好朋友貝爾納和高更，談畫談生活談人生，卻偏偏隻字不提愛情——不提，生前畫過的超過兩千幅畫裡面，一筆也不提；不間斷地寫給他弟弟、塞滿了整個抽屜的八百多封信裡，一句話都不提；甚至連耳朵都割下來了，也還是絕口不提。但我一直覺得，你如果看得懂他畫的紫羅蘭色的星空和麥田上的烏鴉，就應該明白，其實沒有誰比梵谷更懂得什麼是愛情——有些愛情像星星，必須等，等它黯淡下來會更美麗。

莎士比亞說過：「情人，詩人，狂人，都是一家人。」我第一個就想到了梵谷。想到他在一個寒冷的冬夜，在街上把一個不斷來回向過路的男人乞討的懷著孕的娼妓領回家，明明自己已經窮得只能夠吃不塗油的黑麵包，還是決定把僅剩的食物分一半給她，並且把她留下來，讓她當自己的模特兒，付給她微薄的酬勞，最重要的是，讓她不需要

再挨凍淪落街口向過路的男人乞討一頓晚飯，甚至省下自己喝咖啡的錢，給還沒有出生的孩子買幾件衣服，再送她到鄰鎮的產房，安心地把孩子給生下來。

而如果這還不算是愛，我在想，也許只有在他筆下澄亮金黃得幾乎隨時可以把畫布燃燒起來的向日葵才會明白——什麼才叫作愛？作爲一個拙於言辭的畫家，他曾經輕描淡寫地，在寫給他弟弟的信裡擱下這麼一句話：「爲了成爲一位作品飽滿的藝術家，一個人，到底還是要依賴愛情的餵養。」因此我們漸漸的有了足夠的理由猜疑，他割下的那一隻左耳，會不會眞的送給了一個被他喜歡過的娼妓？還是，不爲人知地留給了和他關係特別曖昧的高更？愛情不難。難的只是，認清楚愛情不過是「瞎子摸象」，你摸到的和你想像的，永遠和血淋淋地攤在你面前的是兩回事。

而我也沒有忘記某一年早春在巴黎由火車站改造而成的奧賽博物館站著看梵谷的自畫像。當時身邊雖然不斷地有人像魚群一樣竄來竄去，但我動也不動，對著畫像怔怔地站著，一點也沒有浮躁不安，僅僅感覺到，「天光乍曉，恍如驚雷」。也應該是在那一刻吧，我盯著他自畫像裡頭那一對安靜但堅定的眼神：這麼厚重的顏料，這麼專注的凝視，這麼絕望的投入，他的畫和他的人用情之深，我們都看得出來他比誰都渴望愛，可他偏偏倔強的不肯隨口提起他的愛情——是的，愈倔強的人，愈不肯承認其實自己用情最深。

有沒有人告訴過你，梵谷試過爲了偷偷躲在門外看一眼他喜歡的前房東的女兒，來來回回走了兩天一夜的路，義無反顧地把腳底下的鞋子都給走破了？就算到最後，走進他經常一個人靜靜地待在那裡寫生的法國南部的田野，默默地朝自己胸口開上一槍的那一刻，梵谷終究還是不肯承認，他一直都在探索著接近自虐的愛，並且一直都在享受被得不到的愛輾轉凌遲，反覆煎熬，卑微並且涼薄的快樂。

當然我是想念梵谷的。縱使姹紫嫣紅開遍，我最想念的，也就只有他一個。我想念他無止境的悲劇性，想念他比天地還要遼闊的憂鬱感。讀他的自傳，聽他沒事人一般說起，他兩度被關進瘋人院，而且門外總是有管理員和警察監視他的行動，連出個門給他弟弟寄幾卷畫都被禁止，最終只好老老實實地接受他是瘋子的這個角色——我忍不住別過頭，閉上眼睛，輕輕地把書闔起來，可見上天有時候眞的並不是對每一個人都和顏悅色，也並不見得對每一個人都慈眉善目。

他離開的那一年只有卅七歲，他一邊裹著左耳的傷口，一邊對著鏡子給自己畫像，他的理智很明顯已經垮掉了一大半，我只記得那張肖像裡的梵谷，整張臉都掛滿問號，大大小小的問號。但他盡最大的努力克制著自己，表現得出奇的安靜，也出奇的專注，甚至寫信告訴弟弟，他怕來不及了，他打算用荷蘭「老大師」畫家的用色法，給他們的母親畫幾張荷蘭鄉村景象寄回去，他相信他們的母親會喜歡的。而他的離開雖然有點太早，但其實也沒有什麼不好，至少他徹徹底底告別了貧困、病痛、屈辱、孤寂，並且給自己掙回了僅剩的一點點尊嚴，這一切人世間的苦，再也沒有辦法威脅和騷擾他對藝術奮不顧身的投入——他已經用自己急促喘息的生命把最燦爛的那一片星空和最溫暖的那一叢麥田留了下來，我們實在不應該要求更多。

歲月長長短短，天空總是唰地就暗了下來，而我總是念念不忘他習慣性地低著頭，背有點駝，常年戴著一頂大草帽遮蓋他那頭鮮豔的紅髮，獨自在空曠的田野裡遊蕩，尋找一處絕美的景色，可以讓他架起畫布開始作畫——這麼樣一個孤立而靜態的畫面，其實比起他任何一幅後印象派作品，更寫實，更濃烈，更強大，更能夠一下子就擊垮我思維裡最纖弱最柔軟的那一小塊金黃色的麥田，然後也常常憶記起他在南部的田野散步的時候，舉起槍，轟的一聲，那槍聲安靜得像一隻落單的烏鴉的哀鳴，「呀」的一聲，草草打發了他色調那麼濃稠的一生，而他留下的作品，卻從此閃亮了滿滿的整個天空——至少往後我們偶爾抬起頭望向天空，除了看見繁星，還會看見梵谷，和他比星星還要寂寥的一顆丹心。

就好像他常渴望把自己的肖像，畫成在佛陀面前莊嚴頂禮的僧侶，寂寥，但是虔誠，清楚自己仰望以及終將抵達的方向，他對弟弟西奧說，其實他的靈魂藏有一爐炙熱的烈火，卻一直都無人前來取暖，旁人走過，也只是瞥見煙囪冒出的一縷塵煙，便匆匆往前直行，沒有一個人願意停下來，看一看他的畫，聽一聽他說話，因此每每想起他臉上那種無以名狀、叫不出名字、但一直在心口上堵塞著的悲愴，想起他割下來的耳朵，想起他的煙斗和手槍，以及看著他無助地被貧困潦倒的生活摁在牆角上拳打腳踢，不知道爲什麼，我每一次都像毫無預警地被人迎面兜上一記，痛得把臉埋進手掌，忍不住就哭了，哭了。

竇加 Edgar Degas

可惜竇加沒有情人

後來他還是改變了主意，讓管家回報原本約好的畫商朋友說：「取消那飯局吧，你明天下午到我家來，我們喝茶。」那時候他已經很老了，也畫得少了，但火氣還是很大，那些想要把他的畫買走的中介，因爲他遠遠大過作品本身的名氣，在他面前還是得唯唯諾諾，小心翼翼。他舉起一隻小小的白色陶瓷杯子，問客人說：「你猜我喝的是什麼？」客人試探性地回答：「奶茶？」他馬上對客人粗淺的見識露出一臉鄙夷，就像他這生人最不屑的就是那些爲了追逐名利而哈腰彎背，醜態百出的藝術家，「不是，是櫻桃梗泡的茶，別小看它，利尿得很呢。」也就那個時候吧，他老被膀胱問題困擾，夜裡常常得爬起身五、六次，就爲了對準尿壺撒那幾滴尿，並且他的魄力和他的創作力，都明顯滑落下來，開始步態蹣跚地走在一條戰戰兢兢的下山路上。

可也許你不知道，名氣日正當空的時候，鋒芒畢露的竇加曾經是那麼驕橫霸道、那麼呼風喚雨、那麼不可一世，他可以面不改色地回拒兩屆世界博覽會的邀請，明明國家已經答應特別給他安排一間獨立的展覽廳，就只展出他的作品，他還是不爲所動，而這當然也間接扼斷了他其實早就應該被法國授勳封賞的機會——但他從不在意這一些，從不。他在意的是，畫廊告訴他，有人開價近五十萬法郎把他那幅兩個舞者靠在橫桿上，旁邊擱著一個澆花桶的畫給買走了，他聽了，眉頭這才總算動了一動，說了一句，「不錯，是個好價錢。」而且我記得年輕時的竇加曾經狂妄地說過，他就像賽馬場上先拔頭籌的種馬一樣，他很滿意配給他的燕麥糧——

他當然知道他是名種馬。出名出得早，廿歲左右已薄有名氣，並且因為出身名門，身上流著貴族血統，並且自小不斷在拿坡里、巴黎、翡冷翠、義大利等高度文藝養分的城市打轉，多少養成他不可一世的脾性，而且他在文學方面也挺有天分，是個遣詞用字十分凌厲的書信家，讀他寫給家人、畫家朋友和畫商們的信，就好像在讀那個時代的藝壇野史，生動得宛如一齣電影劇本的初稿，甚至連一封向畫商追討餘款的信件，也寫得像一篇美麗的散文，我經常怔怔地從書裡抬起頭來，呼出一口氣，徹徹底底被他孤芳自賞的形象迷倒，他太懂得用他獨有的飄忽不定的個性，勾勒出年少得志的藝術大師的線條。

尤其是，年輕時的竇加長著一張文藝復興時代王宮貴族式的臉：高雅，俊秀，精緻，並且對衣著十分講究，喜歡穿著彰顯他社會地位的裝扮，包括出席酒會或飯局，一定不會忘記戴上手套和高帽，意氣風發地顯現出高貴又知書識禮的年輕中產階級形象，只可惜竇加終生未娶，沒有情人。即便到了後來，竇加還是改不掉他刁鑽的習性，有人邀請他出席飯局，他第一個反應就是，「可以，但請聽好，到時桌子上是不是有一盤沒有加上牛油的菜餚？你們要記得把貓咪和小狗關起來。桌子上不能有花，女性賓客不能噴灑香水，我不想餐桌上烤得那麼香的麵包沾上某某夫人的香水味，如果這些都沒有問題，請確定在七點半鐘開席，我會準時到。」

所以他對逐漸老去的恐懼絕對是可以理解的，當他開始面對老年生活的開端，他刻意離群索居，捲縮在陰暗的一角讓孤獨蠶食，並且躲起來斷絕與朋友的來往，他覺得他自己在妨礙著別人的青春，已經不再尖銳鋒利閃亮，根本沒有辦法面對老年以後愈來愈煩膩、愈來愈沉重、愈來愈笨拙，只懂得愚笨地微笑的他自己。

更何況竇加是一個特別愛面子的人，就算老了，耳朵有點聾，眼睛也不復靈光，視力更是疲弱得連走路也需要依靠拐杖了，他的脾氣還是倔得很，有好幾次和朋友吃完了飯，他想要一個人慢慢的散著步回家，也順道活動一下愈來愈僵硬的雙腿，朋友們聽了馬上反應，「那好啊，我們陪你一起走一段好了」，但他堅持不肯，還當場大發雷霆，誰也不准跟，因爲他特別介懷大家都覺得他其實已經老得需要被人攙扶才出得了門了，因此朋友們只好噤聲，迅速交換一個眼神，都放輕腳步，遠遠地在後頭跟著他，怕他迷路，也擔心他摔跤——

於是鏡頭拉開，只見蒼茫的暮色底下，他又長又銀亮的頭髮和鬍鬚，被黑夜映照得閃閃發亮，遠遠看過去，多麼像一座孤單的光標，正緩緩地向更黑暗的黑暗前進和移動，然後隨時都可能停在那一個點上就此靜止不動。而他雖然老了，但在打扮上還是保留了巴黎貴族的做派，一點也不馬虎，戴一頂圓帽，身穿長長的斗篷，全程都依靠拐杖帶路，並且一路都只敢挨著牆角走，那拐杖還不時「啷」一聲，打到了屋牆，把他自己也嚇了一跳，那些亦步亦趨，跟在他後面的朋友，看了心頭一緊，忍不住鼻子發酸，那個年輕時脾性風風火火、才情咄咄逼人的竇加，眞的老了，老得像一顆慢慢隕落的星星，我們已經預先看到他開始往下直墜的導航線。

但我還是一直喜歡竇加的。喜歡他驕縱蠻橫的個性，喜歡他不可一世的才華，喜歡他年輕的時候說過：「我想要光芒萬丈但又保持神祕。」而且年輕時的竇加實在俊美有加，臉上留著一撮溫柔的貴族絡腮鬍，而且眼神總是憂心忡忡，並且他在卅歲之前，一口氣花了十年的時間爲自己畫了十五張自畫像，每一張的神情看上去都那麼相似，帶點

對生命的疑惑，又帶點對人性的冷漠，然後卅一歲之後，他就決定不再給自己畫自畫像了，他說：「夠了，我開始對自己的長相不耐煩了。」而他其中一張最著名的自畫像，人物的姿態正是模仿安格爾一幅有名的自畫像，到現在一直都被巴黎郊區香堤依的康第公爵博物館收藏。

至於安格爾，是竇加終其一生特別仰慕的一位藝術大師，他常常把安格爾的藝術主張和教訓緊緊地抱在懷裡，說什麼都不肯輕易鬆開，安格爾告訴竇加：「年輕人，記住，多畫線條，要畫很多很多的線條，然後在創作的時候，有時候依靠記憶，有時候現場寫生。」結果自此以後，竇加的作品開始掙脫重複地繪畫肖像，反而慢慢地向場景寫生靠攏，用最寫實的畫風，畫出最印象派的氛圍。但竇加的繪畫天分是驚人的，他可以一面聊天，一面完成一張接一張新畫作的初稿，而且學畫肖像時，他對自己的訓練十分嚴厲苛刻，不斷練習如何讓模特兒待在一樓，而他卻在二樓作畫，以便培養自己完全依靠記憶畫出模特兒的外形和表情的能力。

因此即使你不認識竇加，只要站到了他的畫面前，也一定會驚歎於他的每一張畫作所反射出來的那一瞬間的當下感——彷彿在他作畫的當兒，你湊巧闖了進去，置身在畫的場景當中，並且目睹了一切循序漸進的定格與發生。我好奇的是，到底需要焚燒多少個晝夜，到底需要耗損多少份心神，才能夠一筆一畫，一影一色，一收一放，把他那尊寫實得讓人不安，並且生動得接近詭異的蠟像《十四歲小舞伶》雕塑完成？我很是喜愛那尊小小的、躊躇滿志的小舞伶，看上去是多麼的傳神而擬眞，竇加給她穿上眞的紗裙，頭髮也結上眞的絲巾，而她的下巴微微昂起，雙腿紮好了舞步，彷彿音樂一響起，她馬上就會踢踏著舞步向著舞台的燈光旋轉跳躍過去。

常常，在藝術面前，竇加貴爲十九世紀晚期，印象派當中唯一受過正統訓練的「新繪畫運動」領航人，會自動收斂起他的傲慢，垂目俯首，供奉他的虔誠，以娟秀而雋永的寫實手法，將法國近代生活的場景、片斷和景象，完完整整地保存下來。而好像竇加這麼一個驚濤拍岸的藝術大師，只有在畫板面前，他才會「必誠以敬，宜恭且哀」，用謙卑來祭奠在他畫裡再活上一次的靈魂，其中包括肢體曼妙的芭蕾舞者，全神貫注的賽馬騎師、沐浴中的俗世女人、等待恩客的低層妓女，我們都看到他如何替他畫裡的模特，在這個喧鬧的、零亂的、荒謬的現實場景，找到一個可以讓他們安身立命的位置，並且讓他那顯微鏡式的觀察，在畫布上完整但曖昧地開枝散葉。

羅丹

Auguste Rodin

所有雕塑都是情緒分子的裂變

終於卡蜜兒也老了——老年的卡蜜兒住在精神療養院，有人給她照了相，相片裡頭的她微微地泛著笑，還是穿戴得那麼整齊，頭上甚至還戴上一頂嶄新的帽子，並且一點也不辜負她原本就是一名雕塑師的學養，端端正正地坐著，兩隻手交疊互握，輕輕地擱在大腿上。

這樣的姿勢，無疑是適合被雕塑的，而且雕塑和建築一樣，愈是被歲月滄桑下來的，愈是容易讓它最原初的本質浮顯出來，印證它的原初竟是那麼的豐饒壯麗。因此卡蜜兒一直都是美麗的。在羅丹眼裡，她始終是一塊最光滑的大理石，也是羅丹好些作品最接近完美的原型繆斯。我只記得，十八歲時的卡蜜兒不常笑。我看過一張她爬到椅子上爲一座巨型雕塑打磨的照片，年輕的臉龐繃得緊緊的，神情專注，所有的愛與恨落在她臉上，完全走漏不出半點風聲。

但到最後又如何？她十八歲那年以最有天分的女弟子身分入駐羅丹的工作室，十五年後，她以羅丹的情人的身分，從工作室直接被送進精神療養院，原因是她的情緒極度不穩定，而且精神明顯出現了問題，她控告羅丹「剽竊她的構思，企圖將她謀殺」，並且一口氣毀掉幾乎自己所有的作品，包括最重要的那一幅——聰穎而美麗的她自己。我特別記得的是，她寫給羅丹的信裡有一句話，「有些隱而不在的東西一直折磨著我」，而這一句話，後來被嵌入她在巴黎第四區聖路易島的碼頭旁的紀念碑上，間接變成她最終的愛情宣言。

而羅丹曾經下過豪語：「在愛情中，只有行動才算數。」可是作為十九世紀最負盛名的大師級雕塑藝術家，我其實對他的愛情層次有一定的質疑，他從來都是愛自己的作品多過愛任何一個人。實際上羅丹特別好女色，這是極正常的事，要不然他如何一面呼吸沉重，一面嫻熟地用黏土調混他壓抑的情慾在雙掌搓揉出堅挺的乳房和渾圓的女人的臀部？甚至到了後期，大家都說，羅丹應當是想女人想瘋了，因爲他作品裡的女人，身軀都太誘惑了太生動了，而且情慾的成分過高，分明就是他自己在性慾上得不到滿足的投射。連他自己也忍不住納悶地對身邊親近的朋友說：「還有什麼比渴望女人的身體更重要的呢？」

因此卡蜜兒第一次到工作室來，羅丹就知道他們之間的關係根本不可能只是師徒般單純，而是終將共同消耗著彼此對愛情的飢渴和探索。只是在情義上，比卡蜜兒整整大上二十五歲的羅丹，一直忍不下心將他對妻子羅絲的愛與責任擱置不理，因爲兩個人已經有了一個兒子，卻終究沒有正式的夫妻名分，而羅丹似乎也不願意公開承認與兒子的關係，間中羅丹寫過一封信給羅絲，信裡面提用的都是避重就輕的詞句，最後他也只肯說：「謝謝一直包容我的反覆無常，我永遠都是妳的羅丹。」

一直等到羅丹七十七歲那年吧，他總算正式把羅絲迎娶過門。遺憾的是，婚後第十八天，早年和羅丹共患難的羅絲年邁去世，至於羅丹，也在同一年因肺病離世，雙雙爲他們兜兜轉轉的愛情，一前一後，標上了惆悵的句號。而羅丹也在他的遺願中表明，他希望以他那尊爲人稱道的「沉思者」，作爲向他自己致敬的墓石。

或許這就是愛情吧。年輕時候的羅丹長著一張桀驁不遜的臉，身材雖然短小，但寬厚精悍，而且他有著十分陽剛的方整的額頭和濃密的鬍鬚，對於女人有著強烈的雄性的吸引力，乍眼望過去，不是不像個其實可以單純靠臉蛋在愛情的江湖上招搖撞騙的小混混。但更多時候，羅丹其實像一個口齒笨拙的工人，吐出來的句子都散亂無章，所提出的關於藝術和雕塑的獨特看法，雖然犀利精準，但都無法像天生的講師那樣，一開口就像是一部滾動著的講義，主要因爲他出身巴黎的勞工階級，年幼時所有的基礎學問，幾乎都是靠自學摸索，因此他後來一出手卽驚動藝術界的作品，如果背後沒有滂湃而浩瀚

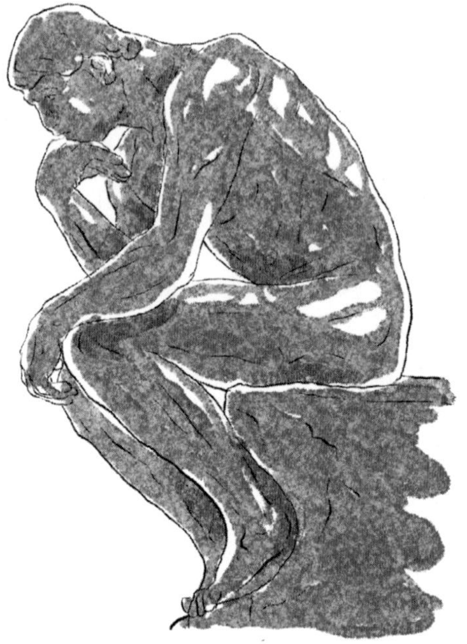

的天賦，一切都不可能發生，學歷單薄的他常說：「我不是一個修辭家，而是一個實踐者。」他這一生唯一的、也是最大的遺憾是，他一再被巴黎最頂尖的法國美術學院拒於門外，雖然大家都拿他的成就和米開朗基羅比較，但他心裡知道，他其實更渴望的是受到學院派的認可。

但後來羅丹說過的一句話卻是擲地有聲的，他說：「在當上藝術家之前，先當個人。」一個堂堂正正的人。這句話到現在還是他所有作品最有力的落款，因此在羅丹的雕塑當中，他總是持之以恆地在他的青銅作品巧妙地埋進人的本質，而人，理所當然就必須是複雜的，善變的，精於僞裝的，這些正好都反映在羅丹的雕塑作品上，比如光線在物質表面上直射和折射時所產生的不同變化，比如色調的敏感和輕重的拿捏和平衡，比如適當比例之間的內在關係，沒有一樣不是順應各種元素而完成創作的——

而羅丹的雕塑所釋放的震撼，以及每次和他的作品面對面時依然接收到的一波接一波的餘震，不過是解釋了他的作品「只接受純粹本質，排斥所有冗贅的枝節」，因爲所有粗礪而有力的，才是最眞實的。羅丹作品之美，不在他雕塑手法的熟練和大氣，而是在於他善於觀察和沉思，他的作品呈現的情緒都是凡人的，都是我們熟悉和經歷過的，常常會電光一閃，閃爍出人性的悲苦與喜樂。因爲雕塑對羅丹來說，「不過是壓縮和突起的藝術，不會逃出這個範圍。」而且他在巴黎市郊的工作室，現在已經成了對外開放的羅丹博物館，感覺上就好像在一所保持得特別明亮乾淨的停屍間，裡面擺設著許多雕塑好的手掌、手臂、小腿、腳板和頭顱等，看看有沒有機會嫁接到新的軀幹上。

而應該不全然是因爲羅丹的緣故吧——我後來開始喜歡上教堂。我喜歡千里迢迢，完全在預設之外，於旅途中讓自己去遇見一座素昧平生的教堂。有一年在慕尼黑，暮色正慢慢地鎖緊，我刻意避開復活節前夕喧鬧的人群，坐到廣場最邊界的冰冷的長條鐵椅上去，緩緩抬起頭，才發現一座線條筆直造型光裸的教堂，像一面冷峻的峭壁，在我眼前拔地而起，並且正冰冷地釋放出適合去冥想、去把自己抽乾抽淨的氣韻。特別是哥德式教堂，它的線條俐落當中有一種可以感受到的充滿憐憫的表情，比柔軟更多了一份吸引人向它靠過去的誠摯，並且可以借助光線呈現出一種節制而簡練的藝術風格，就好像德國的男人，他們的氣派裡有一種說一不二的威嚴。

於是我想起羅丹的一位曾經獲得諾貝爾和平獎的法國總理朋友里昂布爾喬亞說過，「羅丹本身就是一座大教堂」，他宏偉，但他不複雜。而且有趣的是，有好長好長一陣子，羅丹一直都把住的地方安頓在教堂附近，他喜歡被教堂的鐘聲包圍的感覺，更喜歡通過教堂的鐘聲去推算時間的運轉。那個時候，他喜歡日日夜夜地造訪教堂，而且習慣把新認識的朋友都帶到巴黎聖母院去，然後不斷地解說聖母院在建築上的布局和格局，完全不搭理周遭那些把他認出來的路人對著他興奮地指指又點點——

至於那些被羅丹雕塑出來的栩栩如生的人物，比如雨果和巴爾扎克，比如聖女貞德和維納斯，其實我一直都覺得全都是羅丹個人情緒分子的裂變，因爲像羅丹這麼樣一個西方雕塑藝術的轉折性人物，只有在技術和慾望同時攀登上某一個點，他的創作高潮才會迸射出讓人顫抖的力道之美，而他雕塑和刻畫的每一尊肖像，才會宛如一個深刻的「沉思者」，安定在同一個神情和姿勢裡，和宇宙呼應，對抗著永恆。

芙烈達・卡蘿

Frida Kahlo

——最濃豔的最暴烈

那鏡頭其實就好像你在許多電影裡頭看到的畫面一樣：一輛僅有兩節車廂的電車，正緩緩地向巴士駛近，而事發當時，如果你剛巧站在墨西哥高原上的屋子從窗口遠遠地望出去，你會發現電車的煞車擎好像失了靈似的，正悄無聲息地竄行，突然就攔腰撞上了巴士，並且還繼續慢慢地、慢慢地推擠著巴士，而巴士的車身則不斷地扭曲了又扭曲，可卻沒有卽時撕裂開來，一直等到巴士車身的彈性達到極限，才突然「嘭」的一聲巨響，爆裂成千千萬萬塊碎片，整個場景根本就是導演導出來的特技爆破場面，並且電車還不斷地向前移動著，像一條電腦控制的智能蟒蛇，冰冷而靜默的，輾過巴士內的乘客——

那一天是墨西哥獨立紀念日的第二天。芙烈達剛巧和她當時的小男朋友跳上了這一輛巴士，而這突如其來的撞擊使他們往前猛力被衝散，她的小男朋友發現自己被壓在電車底下，傷勢不重，他慌忙爬起身尋找芙烈達——可沒有人想像得到，斷裂的電車扶手怎麼會像劍一樣，刺穿芙烈達的盤骨，而當她的小男朋友找到她的時候，猛烈的撞擊鬆開了芙烈達的衣服，她近乎全裸地渾身淌血，身上更因爲身旁的油漆匠的金粉桶被捅破了，全潑灑在她帶血的身體上，看上去竟詭異得像個化好妝準備上場的漂亮芭蕾舞伶，至於那支光亮而渾圓的鋼條扶手，正插進她的身體裡面，她的小男朋友嚇呆了，但還是當機立斷，決定用力將鋼條從她身體抽拔出來，而那一刻，芙烈達發出的嚎叫聲，據說——尖銳得完全蓋過了呼嘯而來的紅十字會救護車的警笛。

最重要的是，這其實不過是命運向芙烈達揮下的第一拳，而她，竟然活了下來。她竟然活了下來！就連醫生第一眼看見她，就斷定她應該會死在手術台上，因爲她被送到醫院的時候，腰椎有三處斷裂，鎖骨還有第三和第四根肋骨斷裂、斷了的右腿有十一處骨折、左肩脫臼、骨盤有三處破裂，並且——她也因爲這場車禍而失去了童貞，因爲那條鋼製的扶手從下腹左側插入她的身體，並且由陰道穿出——於是你皺起眉心側過頭，表示不想再往下聽，但芙烈達比我們誰都不肯向運命妥協，在手術台上，她時而昏迷時而清醒，汗水和淚水完完全全打濕了她烏黑而年輕有力的辮子，她還是用墨西哥女人頑強如仙人掌的生命力，吃盡最難吃的苦都克制著不吭聲，讓自己挺了過來，並且向一臉洋洋得意的命運回吐了一口唾沫。

雖然事後她說，留院期間，她不斷看見死神在入夜之後圍繞在她的病床邊跳舞，也看見許許多多認識或不認識的死去的人圍著她指指點點，感覺就像馬奎斯寫的《百年孤寂》那樣，生命本來就是一場魔幻的宴席，但她貪戀人世間的色聲香味，貪念男女之間的曖昧與戲弄，她不想半途退席，她還希望有一大段峰迴的人生劇情可以讓她一路順著旋轉下去。而且，多奇怪，我老愛把她的人生當作一幅暗黑版的清明上河圖來研究，因爲她紛紛擾擾的生活場景，有著太多色彩斑斕的民間習俗，而且她穿梭在不同男女戀人之間磕磕碰碰的感情經歷，也有著太多起伏跌宕的淒豔與滄桑；甚至她投射在畫作上鮮血淋漓的人生，更有著太多一語雙關的控訴、暗喻與圖謀，確確實實與清明上河圖的輾轉飄零，以及一晃即逝的繁華靡麗，一樣的撲朔迷離，一樣的讓人甘心被迷惑。

而作爲墨西哥至今仍舊是最讓世界震撼的超現實主義畫家，說來諷刺，芙烈達之所以奮不顧身作畫，並且徹底放縱自己在藝術方面的野心，完全是拜那場車禍所賜——車禍之後，她總共經歷大大小小不少過三十場的手術，而且爲了小心不讓穿戴著以穩定脊椎的石膏背心的身體受到震動，她必須長時間臥在病床上，因此她唯一能夠排遣對生命的怨氣的方法，除了看書，除了寫信——她還眞愛寫信，你讀過她寫的信嗎，她寫的信眞好看，滿滿的都是愛與吻與期待，像少女夜晚跪在床前純淨而生動的祈禱詞——另外她唯一可以做的，就只有在母親爲她特別訂製的畫架上，一言不發地半躺在病床上專心作畫。

當然我們都必須相信，體內同時流著德裔猶太、西班牙和印地安血液的芙烈達絕對是天縱英才型的畫家。通俗一點的說法是，她根本就是手握畫筆出生的。而且她很小很小的時候，就喜歡站在斑駁的建築面前一整天，不吭一聲，看著吊在鷹架上的壁畫家慢慢地完成一幅場面浩蕩的壁畫，可是後來在紐約開畫展，卻回答採訪她的藝文記者說：「不，雖然我丈夫是壁畫家，但我不愛畫壁畫，我最愛畫肖像，自己的肖像，或別人的肖像，因爲『人』，才是最能激發靈感的題材。」但因爲運命總是兇狠地一拳接一拳，朝她單薄的身子揮下去，多少陰暗了她的畫的色調，什麼時候看上去，都總是陰沉的，都總是壓抑的，也都總是魔幻且充滿戾氣的，並且她的畫很明顯在空間處理上有點笨拙，所畫的人物在畫裡頭偶爾看起來難免手足無措，但卻一貫地散發著高傲的氣質，延續她在層層磨難面前依然對生命施展她的溫柔。

離世之前，她病得特別重，但仍然堅持打扮整齊地坐在輪椅上作畫，當背椎實在痛得太要命的時候，她必須不間斷地喝雙份的龍舌蘭，喝得舌頭都快麻痹了，卻還是不得不依靠這墨西哥窮人們最愛喝的瓊漿來止痛，在相當的程度上，酒就是她的麻醉止痛

藥。而且因爲她吃的藥，劑量愈來愈重，導致心眼清的藝術評論家一眼就看穿，她的畫有著顫抖的痕跡，畫風十分倉促，甚至對藝術的感悟力量，也愈來愈薄弱，讓她的風格也開始浮現一層很脆的憂慮，讓她原本色彩濃烈的超現實主義受到了磨損。

可我始終溺愛芙烈達在畫作裡頭撞擊顏色的態度，對於那些習慣法國優雅視覺藝術的眼睛，芙烈達選擇的顏色其實充滿窒息感，因爲她在畫裡面採用很多很多的橄欖綠，以及充滿幻覺感的拿坡里黃，讓這些顏色兇猛地在她的畫布上奔跑，而這些詭異的色調，很大一部分來自芙烈達對墨西哥民間藝術裡頭那些像無人領養的野孩子般的顏色，來襯托她心裡起伏不斷的情節。對於顏色的運用，芙烈達有她自己一套的章程，她常給海軍藍下很好的評價，她說：「那是象徵距離的顏色。如果溫柔必須得要用顏色來表達，那應該就是海軍藍。」她還說，暗沉的葉綠色是鬼魅們最愛穿在身上的顏色，只有一片油亮的草綠色，才會讓她想起溫暖而美好的時光，她總是藉熱帶雨林裡植物茂長的顏色來傳達她張揚的命運和心事，她特別喜歡在畫裡挑選帶黃的橄欖綠，這其實是個陰森的顏色，因爲它給人一種密室般的壓迫感和恐懼感，和她長期的心理狀態十分相似。

而在自畫像裡，我們看到的芙烈達，神情一貫的果斷、沉靜、肅穆。只有極度自卑和無可救藥自戀著的人，才會對著鏡子重複地畫自己，讓自己在自己的畫裡苒苒地再活一次。而在自畫像的過程，芙烈達樂此不疲地扮演自己情感的旁觀者，她哭，她微笑，她流淚，她痛——對她來說，生命是廢墟，到頭來也只是萬事皆空，其實不需要喊冤和申訴，所以芙烈達在自畫像裡常把自己畫成埃及一名以聰慧著名的皇妃娜菲蒂蒂，眼神清澈，看透世情，並且容貌端莊美麗得像一尊神像。芙烈達尤其喜歡埃及人的冷靜自若，這是她在經歷人生的大悲大喜和大起大落之後，特別希望可以駕馭的情緒，並且在自畫像中不斷用刀、用箭、用割開的背部和開洞的胸腔來陳列和展示她自己，她明明那麼積極那麼兇悍地活著，但其實這個活得像刀刃一樣鋒利的文化偶像，已經預備好隨時和這個世界溫柔地道別。

芙烈達・卡蘿

Frida Kahlo

——裹在紗布裡的骷髏偶像

他們竟懷疑她是自殺——我闔起畫冊，用力將自己從她神性的筆觸和魔性的色彩裡頭抽扯出來，然後定了定神，才對這個連在沙漠中販運貨物的駱駝都不會相信的笑話嗤之以鼻——我記得在生命的後期，芙烈達不斷地通過繪畫挑釁死亡，她甚至訂製了一個糖製骷髏，前額寫著她自己的名字，用調皮的手法作弄和嘲笑死亡，所以像她這麼一個從小就沒有停止過頑強地和死亡展開拉鋸的女人，怎麼可能在最後的節骨眼上撒開手，讓死亡占盡便宜？

離世前幾個月，因爲背部散發惡臭，醫生打開她長期穿戴的石膏胸衣，發現背後長了一大顆膿瘡，汙濁的分泌物不斷湧流而出，於是決定再給她進行一次手術。在這之前，她其實剛做過骨骼移植手術，但很快發現這塊不知道是誰的骨骼在她身體裡面產生了病變，於是又得馬上動手術將骨頭移除。甚至於更早之前，醫生發覺她的右腿已經癱瘓、萎縮、腐爛，必須截肢以徹底杜絕細菌的蔓延——她一開始聽到要截肢就發出淒厲的嚎叫，不願意眼睜睜放棄自己這條曾經因爲小兒麻痺症而搶救回來的腿。但後來她最信任的醫生看著她開始褪色的眼珠子告訴她：「如果不鋸掉這條腿，妳就只能當永遠的跛腳鴨子，別想裝上義肢，也別想走到街上去，更別想和大夥們一起對抗政府或慶祝勝利。」她聽了，原本扯高的頭顱，慢慢地，慢慢地，一寸一寸低垂下來，像一朵帶毒的、妖嬈的、張揚的、並且不斷對周圍的生物發出嫵媚的邀請的亞熱帶裡的一朵雙性戀的花，因爲過度放縱花蜜的傳播而瞬間枯萎，完全無力推翻醫生給她下的指令，最後她就只問了一句：「那我還可以繼續跳舞嗎？」

而芙烈達，她最美麗的地方，是她這一生的每一個關鍵時刻都充滿色彩斑斕的戲劇感。卽便在離世之前，第一次在自己的故鄉舉行畫展，她高興得像個搶到了玩具的孩子似的，忙著參與事前的籌備，忙著決定要展出的畫作，可是臨近開幕，她卻病入膏肓，醫生已經不准她離開病房，可她堅持要到美術館去，說什麼都不肯缺席這一場標示著她和這一片土地精血連接的開幕儀式。結果當晚，當上千人聚集在通往藝廊的街道，而藝廊門外也鼓噪著硬是要擠進場的賓客，忽然一陣刺耳的警笛由遠而近，刺激著大家的神經，人們好奇地衝到門口，發現一輛救護車由一隊摩托警隊護衛著火速飛抵現場，而芙烈達微笑著，虛弱，但興奮地躺在擔架上被醫護人員抬進現場——在那當兒，所有負責報導的攝影師和記者們都驚愕得完全反應不過來，他們從來沒有處理過這麼具有戲劇感和震撼性的藝術展開幕典禮，有些根本還來不及按下快門，相機就已經因爲過度的倉惶而掉在了地上。

而這，才是實實在在的芙烈達。就連臨終前最後一場畫展的開幕禮，她也要讓它的呈現方式更接近她的本色：喧譁的，刺眼的，爭議的，驚歎的——而且，她當晚一定事前服了不少藥物，才能夠讓自己撐到現場，眼神空泛，但神態怡然，躺在事先布置於畫廊中央的四柱大床上，接受大家的祝福與賀頌，同時也徹徹底底地，最後一次在大家面前發揮她貫穿一生的超現實主義，並且沒有忘記穿上最濃豔的墨西哥傳統服裝，戴上最誇張的耳環和首飾，努力在別人惋惜的眼神當中，捕捉即將墜落的她自己。

而我其實還想告訴你的是，我一直將芙烈達列在可可香奈兒前頭，把她供奉成一尊不輕易被移動的時尚偶像。我喜歡她。我喜歡她滿臉對命運的倨傲和不屑。我喜歡她渾身濃豔的互相撞擊成一則寓言的墨西哥色彩。我喜歡她山根上連成一線宛如蝙蝠在拍打著翅膀的眉毛。我喜歡她上唇溫柔的、輕軟的、神祕的、稀薄的鬚毛。我也喜歡她下巴正中，輕輕凹陷下去的小窩——她是美麗的，而她如冷劍出鞘般的美麗，將先天的缺陷要換成凌厲的特性，爲美麗闢開一個新的詞彙，叫「鋒利」。即便是遭受命運百般刁難的時候，她總還是堅持把盤在頭頂上的油亮的辮子紮得結結實實的，然後穿著流光溢彩的墨西哥服飾，安心而專注地坐在輪椅上或躺在病床上作畫，而每一次，都不會忘記戴上厚重的原礦貓眼黑曜石和紅石榴手鍊，以及特別具有造型感的耳墜，感覺好像是隨時準備擱下畫筆攏了攏披肩就趕著出門去參加酒會似的，芳華灼豔，莊嚴地在畫布上描繪出最眞實的她自己，像一株綠得發亮，隨時可以通靈的仙人掌。

而畫作以外，芙烈達一直不顧一切地想要一個孩子：一個普通的，正常的，長得像她深愛的丈夫狄亞格，並且可以拉開喉嚨哭得很大聲的孩子，但她那道因車禍嚴重受損的子宮，並不允許她順利產下可以延續她的狂妄和堅韌的孩子，所以流產之後，她傷心欲絕地抓起畫筆，畫她自己赤裸裸地躺在醫院裡鋪上雪白床單的病床上，鮮血染紅了床單，她手握六條看上去像血管一樣的紅色絲帶，而每一個絲帶末端，都繫著帶著具有流產意象的物件，包括蝸牛、骨盤、胎兒、機械、女人身體的內部，以及一朵接近枯萎並且陰森的淡紫色蘭花，象徵被抽出來的子宮——她當然是傷心的，她想當母親的心願接二連三地被一顆接一顆的命運射出的子彈擊碎，她唯有把苦難潑上畫布，讓命運的陰險，在畫布上原形畢露。

可她終究渴望孩子，這渴望成了棲息在她腦子裡的一種病。流產之後，她還有三次嘗試偷偷讓自己懷上小孩的紀錄，但都被她的丈夫阻止——除了車禍之後嚴重被傷害的脊椎，還有擺脫不掉的家族性的癲癇症，醫生根本沒有把握讓她把一個健全的孩子帶到這個世界上來，因此她只能要求醫生把她流產的保存於福馬林中的嬰兒胚胎送給她，「至少他曾經有一陣子是屬於我的」。也許因爲太思念不屬於她的孩子吧，她從此患上喜歡收集洋娃娃的強迫症，除了墨西哥娃娃，碎布娃娃，紙糊娃娃，中國和美國的娃

娃，她都把它們小心翼翼地排列在玻璃櫥櫃，並且還在她的睡床旁邊，安置了一張嬰兒搖床，裡邊並排坐著她最喜歡的娃娃，其中還有三個娃娃，更是用她丈夫受洗時穿的禮服包裹，聽起來十分之詭異，而經常，朋友們探望之後向她告別，她都會輕輕地說：「下回給我帶個娃娃吧。」完全表現出她對生育一個孩子的渴望，以及眼睜睜看著孩子從她子宮裡滑落的悲痛和哀傷。

她喜歡孩子，尤其是在街上流離浪蕩的野孩子，他們常常讓她懷念起她因爲一場車禍而潰不成軍的青春。她對那些野孩子們特別、特別的好，而且那一份好，從來沒有敷衍和同情的成分，有時她難得出門到鎮上看場電影，那些野孩子們見了就一擁而上，尾隨在後，因爲他們知道，芙烈達一定會不顧朋友反對，堅持要替他們買票，帶他們進場看一部好電影，並且壓低聲音對身邊的人說：「順便給他們買些香煙吧，我知道他們都偷偷的在抽。」所以街童們簡直把她當作墨西哥的德蘭修女來崇拜，她知道孩子們需要的是什麼，而不是把自己年紀還很輕的時候承受過的壓抑和排擠加諸在他們身上。況且，墨西哥的亞熱帶的春光再遼闊，晃那麼一眼，還是會把少年的影子給拉長了，因此爲什麼不借給他們的青春多一些色彩？就好像當年她出現在紐約的街道上，那些孩子們看見穿著豔麗的拖在地上的墨西哥長裙，以及戴上厚重的耳環項鍊與手珠的芙烈達，總會好奇地尾隨在後，頻頻向她追問：「馬戲團嗎？哪裡有馬戲團？」可憐的他們並不知道，他們見到的芙烈達，遠遠比馬戲團跳火圈的老虎和的遛單車的大象還要像一則飛天的吉普賽魔咒，她只要認認真真地看你一眼，你就會不由自主，綁上紅色的頭巾跟她走。

草間彌生

Yayoi Kusama

紅髮怪婆婆和她的魔幻南瓜

常常有人壓低聲音跟她說話。而整棟空洞洞的，主要是方便她偶爾暈眩症發作得太厲害的時候可以緊急把她送進有專業醫生照料的病房，所以她的私人助理擅作主張，乾脆在精神療養院對面給她安置的這一間工作室，基本上都只有她一個人——一個人，安靜地對著鋪天蓋地的波點和漫天旋轉的星空專心作畫。

我和你一樣的好奇，那些看不見形影的人到底都對她說了些什麼？她把整張臉掛下來，看上去實在像日本動畫裡頭脾氣壞得離譜的怪婆婆，十分不耐煩地回答：「他們不斷催我，要我快點、快點、快點，說我活得夠本也畫得夠本了，快點畫完這一幅牆就要把位置讓給其他人了。」可見由始至終，她都不願意承認，這完全是因爲她打十歲開始就患上神經性視聽障礙的後遺症。

而多麼奇怪，我竟因此聯想起《白鹿原》裡的一幕，黑娃讓田小娥坐到他的腿上，他把曬得焦黑的臉抵在田小娥穿著翠綠色緞面裙褂的肩膀上，喃喃自語：「麥子就快要割完了。」田小娥聽了，提起扇子沒有意識地輕輕搧了一搧，又搧了一搧，然後把語氣放得柔柔的，用陝西話說：「麥子明年還熟哩，明年再來割嘍。」而我們都明白，黑娃的焦慮是，他只是一個短工，是個麥客，麥子割完了，他就得走了，他跟田小娥的熱辣而滾燙的關係也就必須得中斷了，但再怎麼說，明年的麥子總有成熟的時候，他如果眞的放不下田小娥，他還是可以在麥浪開始翻滾的時候一路尋回來——

但草間彌生不行，草間彌生的焦慮是不一樣的，她還有太多太多想完成的點子在腦海裡翻騰滾躍，於是她異常擔心她恐怕沒有太多太多的時間讓她等到下一年的麥子成熟了，因爲歲月已經將一根繩索套在她的脖子上，只要隨手一抽，就直接替她完成她人生的謝幕儀式。所以她不斷地產生幻聽，聽見有人不斷地催促她，要快要快要快，而不管是幻覺還是夢寐，她老是見到指針不斷在眼前跳動，愈跳愈快、愈跳愈快、愈跳愈快，還有一團隱形的時間的莖蔓，慢慢地攀纏著她的全身，她知道，這基本上是最後的通牒了，她已經九十歲了，生命已經對她執拗的創作力和頑強的生命力開始不耐煩了，所以她現在巡迴的每一場展覽，尖刻一點來說，其實已經嗅得到正在替她布置告別儀式的意味了。

當然你一定知道草間彌生是誰：她詭異的紅色假髮；她永遠瞪得大大的、悠悠地浮蕩著對人和對人生充滿問號的眼睛；她比傳奇還要傳奇幾分的魔幻人生；還有她在畫布上彷如海嘯般鋪天蓋地無邊無盡的紅黑波點——她太習慣在創作上動用密集如電光的波點攻擊人們的視覺感官，迷幻而綺麗，熱烈且兇猛，讓大家都知道這是Yayoi Kusama的「簽名式」作派，並且漸漸的，連我也開始被捲入漩渦，疑惑著，「到底是波點綁架了她的曲折人生？還是她綁架了波點的其他可能？」就好像她老是告訴人們說，她曾經遇見一顆連著藤蔓的巨大南瓜，南瓜還張開口滔滔不絕地跟她說話，所以到後來，圓潤茁實的南瓜名正言順地成爲了草間彌生的標籤，它們不斷在草間彌生的手裡以各種裝置藝術的形態，流放到世界上任何一個願意讓這顆巨大的南瓜持續繁殖的城市裡。

尤其是，人活到草間彌生的這個歲數，落在眼底的，恐怕沒有洞悉不了的世情，也沒有放手不下的人生，何況她從來就不是一個溫潤慈悲的老人，她尖銳而敏感，像一隻不友善的刺蝟，總是神經兮兮地豎起身上的刺，抗拒每一個嘗試親近她的人。根據長年照顧她的看護說，只有把坐在輪椅上的她推到巨大的畫板面前，她整個人才會溫馴下來，像一隻睡遲了的貓，安靜地提起前爪替自己洗臉，而她原本疲憊地低垂著的雙眼，一旦對著她未完成的畫作，頓時就像暗夜裡突然亮開來的星子，晶燦明媚，閃爍發光，看起來完全不像一個神智失常的人。

而我想你應當也約略知道，草間彌生這一生，基本上有三分之二的時間都住在精神病院裡，她是一個擁有超過三十年病史的資深精神病人。而她幾乎打從十歲開始，就不斷的被大量的幻覺困擾，常常看見別人看不見的瑰麗得離奇的景物，也常常聽見別人聽不見的神祕預言和玄祕對話——這也是爲什麼，她一直都沒有停止過自我毀滅的傾向——「活著眞累」，她說。對於像她這麼一個自殺慣犯，如果不是被澎湃的創作慾不斷地撞擊著，我實在不認爲她會允許自己像掉隊的遊魂一樣，漫無目的滯留在蒼茫的人世。她說過，在尋找出口的過程當中，她常常感覺自己被磨滅、被撕毀、被烘烤，甚至不停地被無限大的時間與無邊境的空間來回旋轉，根本破解不了這一場生命的咒語。但她沒有否認，創作雖然留給她無邊無盡的疼痛的撕裂感，可這份撕裂感卻同時也是她的軟性毒品和嗎啡，讓她快樂地在水深流急的創作海洋裡泅渡並救贖自己。

因此這麼些年來，她的工作室基本上就在她長期入住的精神病療養院對面，她在那裡畫畫，也在那裡進行雕塑，甚至在那裡完成了包括巨型南瓜在內的數千件作品。也許你猜不到，草間彌生原來也愛寫，並且把文字駕馭得虎虎生風，這些年間，她陸陸續續發表了十幾本小說和詩集，以一種說話的方式，溫柔地對喜愛她作品的人，報告她經過剪接的生活，報告她爲了什麼發了一場很大的脾氣，也報告她年紀大了，竟發現自己愈

來愈愛吃甜食，像個饞嘴的孩子，對糖果有說不出的著迷——後來吧，她乾脆狠下了心，在療養院隔壁買下一塊地，建立一棟四層樓高的「草間彌生」美術館，她說：「那是我一生中最大的一筆開銷，也是我送給自己最豪綽的一份禮物。」同時事先打點她的遺願，每一層樓都將依她的指示，擺設她最具標誌特性的作品，以便將來有一天她不在了，她讓人驚歎的雕塑和油畫，還有她獨步藝術江湖的波點、南瓜和網眼，都可以被完整地保留下來——

作爲全球身價最高的在世女藝術家，她這一生唯一最堅持也最放不下的，就是希望把波點、南瓜和網眼的藝術價值，無止境地擴大和延伸下去，所以她總是一睜開眼就揚聲問：「筆呢？我的筆呢？讓我畫，畫到該停下來的時候，別擔心，我會告訴你們的。」

她老了，即便是精神狀況特別好的時候，草間彌生還是經常會忘記自己說過些什麼，或者會不停重複已經說過了的什麼，開始出現輕度老人失智的症狀。

實際上，像草間彌生那樣，每一則生命的章節都是由一連串驚嘆號組成的藝術家是愈來愈稀罕了。日本人提起她的名字，總是畢恭又畢敬，兩隻手自然而然往身體兩邊垂放，並微微地低下頭象徵性地鞠一鞠躬。作爲日本過去六十年來成就最高的女藝術家，她的地位甚至已經超越了所謂的傳奇，而是更接近一座被供奉在殿堂內的「神祇」。我記得很久以前在北京結識過的一位日本雜誌人曾經這麼形容過她，獎項的肯定完全可以不算什麼，作品的拍賣價格再高也可以不算什麼，但沒有人可以不被草間彌生鍥而不捨的創作韌性所懾服，也沒有人可以不被她那充滿視覺迷幻的作品所俘虜。

於是我偶爾在想，如果眞的要一層一層解開裹住草間彌生的謎，唯一的線索，恐怕就是無數次在她的作品裡重複出現了又出現的波點和網眼了，完全反映了她大部分的人生，其實一直都錯綜複雜地困在煙霧瀰漫的幻覺和夢境當中。生命對她來說，有時候眞有點惱人的長，如果不是眷戀坐在畫板面前，「一燈細煮愁如酒」，我實在猜測不到草間彌生會以什麼樣子的手法來爲她的一生勾劃一個漂亮的收筆？但我可以肯定的是，她前衛的作派，魔幻的風格，已經足夠讓她在她自己的作品裡復活與重生，在暗流洶湧的歲月，變成一張網，網住所有孤僻的人和所有顛簸的流離失所的人生。

安藤忠雄

Tadao Ando

禪與修行的目擊者

到現在他還是耿耿於懷。到現在，他還是覺得自己辜負了禮拜天穿戴整齊，虔誠地到教堂做禮拜的那一些人。而他其實不是教徒。他不是。他甚至是一個傾向於相信暴力才能解決一切的人。但在他的美學信仰裡，光，是一切眞與善的源頭，因此他爲大阪郊外，一座叫茨木市的城鎭建了小小的一間以「光」爲概念的教堂，是他三座環環相扣的教堂三部曲「光之教堂」，「風之教堂」和「水之教堂」的其中一座。而那教堂最美的地方是，他在教堂的一面牆上挖開一個十字形的洞口，看上去就像一道鏤空的十字架，而光就從那設置於祭壇後面整個壁面上戳開的十字架造型的窗隙上透進來，因爲他相信上帝所說的，「要有光，於是就有了光」，所以他決定採用最原始的方法，讓光透過十字架投射進教堂，也讓那些把額頭頂在緊扣的十指上禮拜的人，可以跪倒在被上帝眷顧的天然光線裡祈禱。這也是爲什麼，他從一開始就堅持，一定要把玻璃拆掉，一定要，「最多也只是冬天的時候冷一點而已」，而這樣投射進來的光才有靈氣，才有莊嚴的宗教感。

因此有時候我也會猶豫，到底應該把安藤忠雄的作品稱作「建物」還是「建築」？我其實喜歡「建物」兩個字，聽起來比較樸實，有青苔蔓生的歲月悠悠，也有比較深刻的感情投射，就好像他那幾座出了名粗礪的水混凝土教堂，那設計老叫我回想起之前在羅馬看見的小鎮上的古教堂，都簡樸，都一點都不起眼，旁邊通常附建一座小小的鐘樓，然後再過去就有一處供牲畜飲用的水槽，並且很多都建在一條依偎著城牆延伸的窄街裡，可那種美，卻像整個天空在晴空萬里之下突然全暗了下來隨即又閃發好幾道亮光，總是讓人久久地澎湃著平靜不下來——至於建築，很多時候愈華麗的建築愈粗暴，一夜之間蠻橫地拔地而起，然後把人都裝進太過講究算計的一棟冷峻的摩登的樓宇，對人文的雕刻一點都不深刻。

我不熟悉建築背後浩瀚的工程和細微的原理，我只知道誠懇的建築是將美學概念變成實體，創造出人們在流動的時間和湧動的人潮裡一個起居或聚集的空間，然後在把空間概念化的美學行爲當中，讓人們的身心得以安頓。但安藤忠雄的建物卻掛滿懸念，跟禪定僅有一線之隔，並且藏著一定的修行和宗教意味，常常你一走進去，就感覺到身體裡面某一個部分被觸屏或被啓動了——而我對安藤忠雄的驚歎，完全在於他太擅長利用光線的感化，把氛圍實質化，所以他的建物往往功能性都特別低也特別，抗拒在既定的環境再自行加創場景，他總是嘗試不打擾自然，不破壞原始，堅持在既定的地點，利用大自然借給他的光，從光線當中捕捉靈感，看光線如何在清晨的時候打下來，又如何在黃昏的時候散開去，然後把一面水混凝土的牆根，映照得熒熒然，宛如一塊稀罕的青銅。這時候的安藤忠雄，顯然是個君子，總是選擇一種謙虛而中庸的語境，不欠缺，也不超過，讓俐落的線條咬合出柔暖的弧度，在適當的時候，提高人們感知生命的方式。

可一旦回到工作上，聽說他頗有點脾氣，不容易被討好，也不願意被討好。遇上下屬犯了不應該犯的錯誤，他總是冷著臉，一支筆嗖一聲飛出去，不偏不倚，砸中正準備拉開門退出去的下屬的後腦門，「如果有人做事馬虎的話，我不但會大聲斥責，還會動手打人。」而他一向對自己的出身很坦白，他不是建築名校出身，做過木工，駕過貨車，甚至爲了賺快錢，年輕時憑著一股好鬥的脾性，也當過職業拳擊手，隻身前往泰國參賽，並且還眞的在擂台上贏過獎金。即便他是一個傳奇性高於學術性的建築大師，沒有人會因爲他偶然的壞脾氣和必然的嚴厲而選擇離開，反之，誰都不肯放棄循著他擅長的園林般迂迴的低技術含量建築風格，探索出可以讓參觀者完全在空間內泅游出各種意境的設計密碼。

有一陣子，我常常以爲，只有溫柔的影像或細膩的文字，才可以像體貼的紗布那樣，一層接一層，慢慢包紮並細細治療一座城市重創之後嗷嗷待哺的心靈，但其實不，其實造型冷峻線條硬朗的建築也可以——柏林有間猶太博物館，它的外觀極其立體，遠遠望過去，就好像被利刀狠狠劃過六十道傷痕，甚至是，如果從高空俯瞰，則像「轟隆」一聲巨響之後，被閃電命中目標突然擊中，然後劈開驚心動魄的裂縫，簡直就是天神差使雷神灼傷猶太人而留下的傷痕。也難怪博物館甫落成，就吸引了卅萬人紅著眼睛排隊入內，據說，每一位參觀者經過曲折但空無一物的甬道時，面對博物館內撲面而來的悲愴的歷史感，已經禁不住流下淚來，至於背後的建築師，其實是一位拉手風琴的音樂師，對建築有著無以復加的音符一般叮咚的溫柔。當然這些建築背後的故事，安藤忠雄都懂，也都聽說過，但他終究不爲所動。他只有一個信念，他的建物不超現實，不科幻，也不特別環保和樸素。他要的是，他的建物彌漫一種禪，一種冥想，一種漸漸漾開來的隱隱約約的憂鬱感。尤其他最爲人津津樂道的作品，其實都與宗教和信仰有著相當密切的關係，比如「水御堂寺廟」，他堅持把圓形的蓮花池建在廟宇的屋頂，並在池中央安置了直通殿堂的樓梯，當參拜者一級一級地往下走，彷彿慢慢沒入水池內；然後當參拜者完成了禮拜，一級一級拾級而上時，則又好像從水池裡緩緩上升，在這一升一降之間，似乎帶著出生入死的涵義，讓每一個到來的朝聖者，都得以預先經歷生與死那一線之間的神祕與幽冥。

我記得米開朗基羅說過，你必須從裡到外徹底理解你自己的作品，相信它，捍衛它，那麼你才可以趾高氣揚地接受因它而帶回來的榮耀和讚美。所以米開朗基羅本身其實也是出色的人體解剖學家，爲了研究人體而解剖過不少屍體，以致修道院院長決定撥出醫院的一間房供他使用，讓他在裡面解剖屍體以進行人體骨骼、腱和肌肉的研究，所以他的繪畫和雕刻對人體構造的理解比醫生們還細微，他甚至可以拿著手術刀滔滔不絕

對新進醫生們講解人體輪廓的神祕與奧妙。同樣的，如果要爲安藤忠雄建立一個鏡像供後人朝聖，他不是貝聿銘，他不矜持，因爲他沒有東方儒家的包袱，他也不驕傲，但他一點也不謙虛，他的作品站在和這個時代對立的層面，因爲粗糙而顯得特別精緻，他的建物也因爲材料的貧薄和機關的匱乏，看上去卻無比的大氣而豐沛，正如那一座著名的建在北海道的《水之教堂》，那水池的深度都經過安藤忠雄精密的設計，只要一陣微風，都能興起漣漪，都能在水面上反映出風的親昵，可見他熟悉他的建物遠遠超乎於熟悉他自己的身體，因此當他這麼一個勇武粗暴，當過嗜血的拳擊手的建築師，最終難免被健康絆上一腳，病倒了的時候，醫生告訴他，「要活下去的機會不是沒有，但必須把工作減半。」他一聽，整個人禁不住跌坐在椅子上，連那兩隻曾經在擂台上把多少對手擊敗的拳頭，也慢慢因爲握不緊而萎縮下來，只得安慰自己說：「也許生病是件好事，畢竟我也已經七十六了。」因爲癌症，他必須割除膽囊、胰腺、脾臟和十二指腸，每一次醫生告訴他必須儘快動手術時，他總是感覺眼前一黑，整個人脆弱得像一片在枝頭上搖搖欲墜的枯葉，隨時一陣風吹，就會把他打落下來。後來有一次，他跑到印度恆河畔的瓦拉納西聖地，看見聖徒們的纍纍白骨堆積成山，終於想清楚了一件事：光與影，就好像生與死，兩者雖然是緊密相連的，但最終卻沒有什麼是放不開的。他忽然憶記起他第一次窮遊歐洲，兜裡攢著的是他在擂台上以血腥和暴力打拳擊贏回來的獎金，當時他甚至不會說英語，沒有錢，也沒有見識，每天幾乎走上十幾個小時，去看心儀的建築，去看博物館恢宏的氣派和磅的格局，然後在回程的路上低下頭，一邊趕路一邊思考，因爲天氣太冷了，他必須在天黑之前徒步回到旅館。他記得，他第一次到法國廊香教堂，看見教堂裡的光，像劍一樣向他咄咄逼人地揮灑過來，給他帶來極度震撼的空間體驗，他頓時怔在了那裡，終於了解光線其實可以像洶湧的洪水一樣，在空間裡面兇猛奔流，帶著滿滿的侵略性，還有暴力性和衝擊性。眞正有力量的建築是什麼？安藤忠雄說，就算是成爲了廢墟，甚或坍塌得只剩下一部分樓宇，卻仍然充滿著敍事力量的，那才叫作建築。

碧娜・鮑許

Pina Bausch

——孤獨像一把閃閃發亮的匕首

冬天。天黑得早，而外頭正冷得厲害，她穿著一雙帥氣的男裝皮鞋，鞋頭粗粗笨笨的，配一件隨性的黑色寬鬆褲，和一件看得出來挺考究的黑色襯衫，然後草草地，在肩上披一件有點疲累、有點滄桑的黑色毛衣，和一大夥人呼嘯著擠進小小的酒館喝兩杯。

要到後來，我才恍然大悟，原來她所穿的每一件黑色的、有如披了一座小型劇場在身上、懂得嘆息和皺眉的衣服，其實都是山本耀司特別給她設計的。她一直都是山本先生的繆斯。山本耀司每一次看著她，那眼神就像火山口上的熔化的岩漿，滾燙的、炙熱的、危機四伏的；但同時又是溫柔的、迷茫的、天長地久的。我記得她很喜歡穿山本耀司設計的男裝，寬鬆，並且滿滿的都是任性的包容，穿上去有一種被熟悉的身體擁抱著的感覺。

印象之中，她其實很少一個人。很少。雖然看得出來，她其實並不怎麼享受熱鬧，但她身邊總是被一大班肢體靈活情緒躁動的舞者簇擁。而愈是人多的場合，不知怎麼的，愈是突顯出她的孤獨其實銳利得好像一把匕首，在暗夜裡閃閃發光。然後她坐了下來，總是手不離煙，也總是隔著一層彌漫著的煙霧，意味深長地微笑著——而我認識她的時候她其實已經老了，老得一站出來，滿臉都是千山萬水，我望著她的照片，望著她在視頻上嫻靜地舞動，望著她瘦骨嶙峋的身影在舞台上暴烈地旋轉、旋轉、旋轉，然後想起她說的，「舞吧，舞吧，要不我們終將迷失自己。」這是真的，因爲到頭來，夢想難逃被扭曲，青春終究會憔悴，只有舞蹈，那片刻的奔放，才是記憶中的永恆。

我實在想不起來是誰說過這樣的一句話呢：「再來一小杯酒，順便也來一根香煙，現在暫且不回家。」這話倒是跟她對上了，只是差點忘了提，她雖然生活在被名氣籠罩和被燈光照射之下，可她非常不喜歡別人過問她的工作，也從來不樂意公開自己的私事，在她最後的那幾年，她更加嚴密地隱藏起自己，如果你敬重一個人，首先你必須得學會如何和她建立一定的距離感，這樣你才能和她在精神上眞正地靠近。我記得有一次，她難得提起，說她出生在德國一個叫索林根的小鎮，父親經營一家小小的旅社，她從小就有喜歡偷看人但又不喜歡和人親近的怪脾氣，常常躲在旅社的咖啡廳桌底下，觀察形形色色住進旅社裡的客人，模仿他們說話的神氣，抄襲他們走路的姿態，然後把他們統統都編進她自說自演的私人劇場裡，但就是不肯在大人面前輕易透露她自己。

而我其實並不是太懂舞蹈呢。我只是從一開始就毫無來由地喜歡她和喜歡所有關於她的一切的一切。而我特別喜歡的，其實是一張她的照片。她半低著頭，眼皮垂了下來，她梳著數十年如一日的長長的馬尾，薄薄的嘴唇上，好像塗了點口紅又好像不，而輕輕分布在額頭眼尾和嘴角的皺紋，不多不少，剛剛好足夠用來陳述她一路的滄桑和曾經的曲折。

尤其是我留意了好久，她的耳朵眞美，眞的很美，娟秀得像一顆從沙灘上撿回來的被海浪沖刷得特別乾淨的貝殼，我常常在想，她年輕時候潺湲的媚姿，該曾經如何地顚倒衆生？當她讓情緒完完全全沉潛下來，安安靜靜地坐在酒館一角思考的神情，你一定聽說過德國人怎麼形容她，「一張聖母般慈愛安詳的臉龐。」德國人都疼她，都敬重她，是的，Pina Bausch，一個讓原本已經很驕傲的德國人更加驕傲的名字，而她和她編的舞，也是德國人最爲敬重的排名第一的出口文化。她成立的「烏帕塔舞蹈劇場」（Tanztheater Wuppertal），推動的是一種打破界限但眞實運轉的複合性藝術，她看起來開放但實際上嚴厲，不斷唆使舞者用身體說話，並且常常在劇本上把適量的悲傷和幽默調混在一起，重複採用不同的角度，訴說紅男綠女永遠得不到滿足的貪婪的慾望。

而她編的舞，從來都不單單只是在跳舞，她可以隨手把頹廢糜爛的社會現象，在舞台上排練成一種視覺上的驚嘆號，也可以把人們需索無度的物質渴望，在舞台上強烈地投射成一片霓虹燈，她切入思考的角度和她呈現舞蹈的方式，顯然的，已經讓她成爲最驚世駭俗的舞蹈家，而她特別擅長以「舞蹈劇場形式」、「視覺美學震撼」、「哲學人生思考」作爲創作基石，也作爲她編排的舞蹈的簽名式，並間接將她的名字，在某一個程度上，緊密地和現代舞劃上沒有辦法分割的等號。

實際上，碧娜・鮑許的舞團一路鳴放，栽種出許多瘋靡世界的固定舞碼，比如《月滿》、《春之祭》、《交際場》、《康乃馨》、《穆勒咖啡館》和《熱情的馬祖卡》等，而由她領軍的舞蹈劇場 Tanztheater Wuppertal 和美國後現代舞蹈（Postmodern Dance）以及日本舞踏（Butoh），更被並列爲當代三大新舞蹈流派。因此碧娜・鮑許態度上的強硬，其實並不是完全沒有道理的，針對舞蹈，我總記得她說過一句話：「我在乎的是人爲何而動，而不是如何動。」舞的本質，就是要「舞起來，動起來」。

但也有美國人對碧娜・鮑許的作品不以爲然，嫌它太暴力、太荒謬，缺少節奏感，也缺少舞蹈動作。但魯莽的美國舞蹈劇場評論家恐怕忽略了，碧娜・鮑許作品中的動作，都是從舞者本身的眞實體驗脫化得來，並非譁眾取寵的炫耀性舞蹈花招。她要的是透過言語、音樂、視覺效果、或眞實的物體，讓舞蹈在舞台上全盤解放，也讓看舞的人

在舞蹈中正視自己，掌摑自己，解放自己。

因此大家對她的寵愛，一部分因爲她的個性強悍孤傲，另一部分因爲她的舞蹈危險張狂，她一點也不避諱用她的舞蹈來挑撥生活的殘酷與暴力，並且諷刺愛情的折磨與消耗，在她的舞蹈當中，從來不曾出現懦弱和逃避，有的只是永無止境的捍衛和對抗。而現代舞的發展史上，不能忽略德國的表現主義舞蹈，它是二十世紀初，現代舞萌芽時期最早、同時也是最重要的體系，而在這裡頭，碧娜・鮑許在舞台上時而潺湲時而激烈的風格，宛如一個舞蹈上的嫵媚的苦行者，絕對是不能被刷掉的一道風景。

舞蹈對碧娜・鮑許來說，根本就是一場興味盎然的奇思異想，她幾乎掌握著所有的主控權，但生命不是。在生命和際遇面前，她那一張閃著靈氣的嶙峋的臉，也有寂寥下來的時候。她下世那一年，已經六十八歲了，分明走到「花時已去，夢裡多愁」的下山路，但對於舞蹈，她到最後那一刻，仍還是渴望可以強壯地在舞台上飛、奔、滾、摔、跳——在連環的暴烈當中，一片一片地拚湊溫柔。而舞蹈最好看的，我們都知道，不是動作，不是意想，而是力道。因此碧娜・鮑許從不認爲眞正讓人驚駭的舞蹈並不應當來自這種過分表面的張力，她的孤傲，隱藏著太多的堅持和不妥協，她的編舞，無論是高舞蹈性的技巧炫耀，或者是高象徵性的造型動作，都包藏在一種強調精神層面的眞實當中，雖然你明知她的舞台布滿危險的地雷，可是你卻常常可以在她的舞蹈當中，找到被自己質疑的另一個旣陌生又熟悉的自己。是的，因爲碧娜・鮑許，我們在舞者以跳躍的方式越過水面到達浮冰之上，並且展現出面對痛苦、恐懼與悲傷之時，到底要如何直視自身的脆弱、無奈與慾求？而在那浮光一念，我們所看到的，竟然是過往一直被我們緊緊扣押和隱藏的自己。

況且我總是覺得，碧娜・鮑許適合重複被書寫，適合不斷被紀念，尤其在每一次回到小公寓，坐在清冷的靠近露台邊的椅子上，亮起或捻熄心裡的那一盞燈的時候，我想念她，像想念一首歌謠，像想念一片稻田，像想念一層山腰上的霧，像想念母親——就好像碧娜・鮑許逝世的時候，林懷民知道她帶領的烏帕塔舞蹈劇場並沒有因爲她的逝世而中斷演出，於是不動聲色，買了一張機票飛到莫斯科，因爲當時正逢契訶夫藝術節，全俄羅斯都在期待公演碧娜一九七六年作品《七宗罪》，他從機場直奔劇院，連續三個晚上，都坐在同樣的座位上，失魂落魄。而林懷民事後說：「每一個舞蹈家都是一樣的，劇場就是他們的家。」所以他決定到劇場去弔唁碧娜，而碧娜不在了，但她的舞團還是一樣讓別人感動，讓她自己驕傲，首演後的酒會上，舞台上的舞者走下舞台，見到碧娜的好友林懷民，專程山一程水一程，來到莫斯科欣賞他們的演出，都禁不住抱著林懷民，泣不成聲——之後林懷民談起碧娜，也只是感慨地說，他倆都一樣，都不多話，但因爲兩人同是舞蹈家，都在自己生長的國土爲舞蹈耕耘過、拚搏過、沮喪過、失落過，所以有一種相濡以沫的親，兩人碰了面，大部分時間都是安靜的，各自擔著一根煙，在劇場後台入口處的吸煙區，有一搭沒一搭地聊著，所有的愛與理解與相扶相持，都在那一陣又一陣的煙霧彌漫中，緩緩地凝集在一起，也緩緩在大家把夢想解散的前夕，用刺墨般的善意，去修補彼此的支離，去完整彼此的破碎。

後語

大河彎彎黎明之前的第一響槳聲

認眞想起來，我還眞沒有寫「後語」的習慣，前後二十多年，當過三本女性雜誌和一本男性雜誌的主編，都和時尚有關，都和文字有著某種程度的緊密交關——即便是編後話，也都是掛在卷首，如果肯用心經營，將每一期的卷首語編匯成冊，值不值得讀還是另外一回事，單是那篇數與字數之澎湃，恐怕還是會禁不住讓自己咋舌的。

因此給自己的書寫後語，我的第一個感覺是，文字的派對結束了，我寫過的那些字群鶯亂舞之後，留下一天一地的杯盤狼藉——這場景其實我是喜歡的，比豐子愷那一幅明亮但悵惘的《人散後，一鉤新月天如水》更貼近我文字的性格，就好像蔣勳老師一眼就刺穿，我的文字是邊疆之外的，是野性難馴的，我只是一直都盡量讓它們在衆人面前表現得老實而規矩，表現得端莊而得體，實際上我眞正迷戀的，是人的繁華與荒涼，是世間的繽紛與寂寥，並且十分相信在文字中喬裝成另外一個人，扮演另外一個自己完全生分的角色，應該會是一件多麼有趣的事。

不曉得爲什麼，我特別喜歡木心說的，「人如果只有一生，未免太寒傖了。」所以我寫明星，寫畫家，寫時裝設計師也寫建築師，當然也寫跳躍的舞蹈家和沉潛的作家，全是因爲我貪——貪那些我沒有被分派到的人生，然後常常想像自己是一個懂得腹語術的人，在文字裡故弄玄虛，用詭異的說話方式，分散大家的注意力，讓大家以爲聲音來自另一個與我有一段距離的人，而我其實在利用他們的分身和化身，混淆視聽，替我掩護我眞正想說的，也替我圓滿我認眞嚮往，卻始終抵達不了的人生。

這其實沒什麼不好。每個人的人生本來都是分裂的，誰都有裂開來的縫隙和豁口，只是有些人比較幸運，他們富有，他們美麗，他們才華洋溢，他們用他們的富有和美麗，還有他們的才華洋溢來掩蓋裂口，而我只是碰巧喜歡沿著他們的裂口散步，偶爾往上攀爬，偶爾朝內探索，看看裂口背後是不是眞的綠草如茵，是不是眞的小河淌水，然後參考他們細緻的生活線條，來修改我自己概念粗糙的人生——而後來吧，當我漸漸與文字熟絡起來，也就不隨便敞開來和人說心裡面的話了，有了文字的庇護，我的孤僻變成了合情合理的對人情世故的迴避，我只與文字調情和交媾，我不再熱衷於塑造人們所想像的我至少應該具有的樣子。

至於書名叫《鏤空與浮雕》，其實沿用的是專欄的名稱，潛伏的目的其實很明顯，是藉欄名提醒自己，在風流人物「鏤空」的流離歲月裡，「浮雕」出人世的眉眼與鋼索——尤其那些我特別喜歡的、敬仰的、被他們感動過也和他們一起體會過同樣的切膚之痛的人，一直都在用他們或破敗或絢爛的人生，讓我能夠在眞實的生活場景，挪用他們的身分，分叉出另外一條「一半是想像、一半是實驗」的劇場，再以文字爲煙幕，讓自己在別人建構起來的人生，來去穿梭，尋幽探密。

特別想提的是，蔣動老師在驚蟄後一天，和林懷民老師因眼看著新冠疫情即將大規模暴發，決定縮短行程，當機立斷飛回台灣的前一晚，在倫敦給我寫的序——文字其實待我不薄，我因文字，著實結下不少善緣。蔣動老師取消了到巴黎和碧娜・鮑許舞團團員的會面、取消了往比利時看有史以來最大型的凡艾克展、取消了到西西里度假，但沒有取消答應給我的第一本書寫序——單就這一點，已經不僅僅是說聲「感激」就能表達的。

實際上我一直感激的還有靖芬，她一通電話邀約，促成了我在《星洲日報》隔周一篇的專欄。相較於年輕一輩虎虎生風的寫作人，當時我已經相對的把姿態放低，以爲在臉書上偶爾給自己留幾行字也就算是不辜負自己曾經是個紙媒飛黃騰達時期同時開四、五個專欄販賣文字的人，後來翎龍藉「有人」介入，將這一系列專欄文字認領，同時號召農夫跨刀拔筆，替書裡三十位風流人物繪像，再加上文禮細緻的版面編排，漸漸的，一本書竟也眉目顯現，竟也水到渠成。

對於這本書，感慨它來遲了，也感激來遲了，「泥足深陷的中年，濃稠的是回憶，稀薄的是心境——曾經我是那朵來不及綻放就被星光叼走的姬曇，曾經你是我大河彎彎黎明之前的第一響槳聲，曾經我們，是嵌在對方眉額中間那一抹猩紅朱砂，用來記認前程，用來遺忘青春」，我想把這段話留給自己，也留給碰巧喜歡我的文字，也喜歡這本書的你。

中建

鏤空與浮雕

作者　范俊奇
內頁插圖　農夫（陳釗霖）

封面設計　朱疋
版型設計　吳佳璘
責任編輯　魏于婷

董事長　林明燕
副董事長　林良珀
藝術總監　黃寶萍
執行顧問　謝恩仁

社長　許悔之
總編輯　林煜幃
副總編輯　施彥如
美術主編　吳佳璘
主編　魏于婷
行政助理　陳芃妤

策略顧問　黃惠美・郭旭原・郭思敏・郭孟君
顧問　施昇輝・林子敬・謝恩仁・林志隆
法律顧問　國際通商法律事務所／邵瓊慧律師

出版　有鹿文化事業有限公司
地址　台北市大安區信義路三段106號10樓之4
電話　02-2700-8388
傳真　02-2700-8178
網址　http://www.uniqueroute.com
電子信箱　service@uniqueroute.com

製版印刷　沐春行銷創意有限公司

總經銷　紅螞蟻圖書有限公司
地址　台北市內湖區舊宗路二段121巷19號
電話　02-2795-3656
傳真　02-2795-4100
網址　http://www.e-redant.com

ISBN：978-986-99530-3-0
初版一刷：2020年11月
初版四刷：2022年 6 月30日
定價：400元

國家圖書館出版品預行編目（CIP）資料

鏤空與浮雕

范俊奇著 . —— 初版 . —— 臺北市：有鹿文化，2020.11

面；公分 . —（看世界的方法；185）

ISBN 978-986-99530-3-0（平裝）

855 109014883